綺麗な生活

林真理子

マガジンハウス

綺麗な生活

Ⅰ

携帯はいつもマナーモードにしているけれども、それが鳴り出す前の空気がわかるようになった。一瞬あたりが凝縮され、まるで息を吸い込むようになる。そして赤いランプがつくのだ。唐谷港子《からたにみなこ》は「失礼」と言って、応接室の外に出た。

「あ、ミナちゃん」

表示でもう誰からかわかっている。女優の南谷祥子《みなみだにしょうこ》だ。十年来のこのタニ・クリニックの顧客である。

「あのねぇ、近いうちに先生に、また打ってもらいたいんだけど」

「わかりました。お急ぎですか」

「そうなの、来週の金曜、新番組の記者発表があるんだけど、その前にお願いね」

「じゃ、院長のスケジュールを調べてすぐお知らせしますね」

「今週と来週の頭は、午前中はたいていあいてるから」

「はい、わかりました」

これだけの会話ですべて通じる。いつものように目の下にコラーゲンの注射を打ってくれということなのだ。祥子は四十六歳になる。港子は知らないのだが、院長の谷によると、二十年ぐらい前まではセクシーな美人女優として歌も歌い、大変な人気だったという。四十を過ぎた今は、しっかりとした演技で脇を固め、何かと重宝されている女優だ。気さくな人柄で知られ、二度めの離婚のことを面白おかしく喋るから、この頃はバラエティにも出ることが多い。けれども実際の彼女は神経質に自分の容貌に気を遣っている正真正銘の女優だ。二ヶ月に一度は、このクリニックでシミ取りのレーザー治療を受けたり、目の下にコラーゲン注射を打っているのだ。けれども妙に古風なところがあって、院長が勧めるリフティング手術は頑としてはねつける。

「そこまですると、私が私じゃなくなるから」

ということだ。今度もコラーゲン注射だけにして欲しいらしい。

祥子からの伝言をすばやくポケットの手帳にメモし、応接室に戻ると、煙草を吸っていた前原由香子がふふっと笑った。

「ミナちゃんもお忙しそうねぇ……」

「そんなこともありませんけれども、皆さんお時間がない方ばかりなので、私が調整しているだけです」

「そうよね、時間がない忙しい人ばっかりが、やいのやいの言ってくるから、本当に大変よねえ」

由香子は今の電話が誰だったたか、知りたくてたまらないのだ。由香子は五十二歳でデザイナーをしている。彼女のブランドもそこそこ売れているが、服以上に売れているのが彼女自身だ。そう美人ではないが、はっきりした目鼻立ちと、モデルのようなプロポーションが買われて、女性誌に出ることが多い。彼女はとうの昔に、瞼《まぶた》の上とこめかみにメスを入れているが、この頃はヒアルロン酸を顎《あご》に入れることが多い。こうすると張りが出てぐっと若々しくなるのだ。

由香子だけではない。港子は目の前の女の年齢から整形の有無、治療方法までみんな知っている。このクリニックに通っている有名女性のカルテをすべて、港子は頭に刻みつけているといってもいい。

このクリニックに勤め始めたのは、八年前のことだ。母のゆかりと谷院長との三人で食事をしている時、港子の就職の話となった。

「何社か受けたんだけれどもこの景気でしょう。こんなに呑気に育った娘なんか雇ってくれるところもなくて」

母が愚痴ると、谷がこう言ったのだ。

「それならばうちに来てよ。うちはこの頃急に有名人が増えたんだけど、うまく対応出来なくてさ。育ちのいい、きちんとしたお嬢さんを探してたんだ」

母のゆかりは、タニ・クリニックの上得意であると同時に、院長のゴルフ仲間であった。港子も附属のサロンで脱毛をしてもらったことがある。白金台のプラチナ通りにある、白い美しい建物は内部に花が溢れ、クラシックの音楽が流れていた。あそこで働くのも悪くはないかなと港子は考えた。しかし問題がひとつある……。

「だけどうちの娘が、あのダサい水色の制服を着せられるのはイヤだわね」

母が港子の思っていることを先に口にするのはよくあることだ。だからそう驚かなかった。

「ミナちゃんにはもちろん私服着てもらうよ。それで僕の秘書という肩書きにして……。いや、レセプショニストってことにしようよ。VIP専門の。ちゃんと名刺もつくってもらうし、それでいいだろう」

「そうね、それでお給料はいくらくれるかしら。うちの子は贅沢に育ってるから、ちゃんと貰わないとね」

「おい、おい、驚かさないでよ。どうせミナちゃんは自宅から通うんだろう。うちはミナちゃんが好きなように暮らせるほどすごいサラリー出せないよ」

「何言ってんのよ、先生ったら。ご自分は愛人にプラチナカード持たせて、好きなように使わせてるってもっぱらの噂よ」

母はいつもこんな風にずけずけとものを言う。生まれた時からずっと金持ちで育った女独得のぞんざいさだ。しかしこういう性格は、苦労した金持ちの成功者に好かれることが多い。谷院長もそのひとりで、ゆかりに何か言われるたびに、

「まいっちゃうなア」

と苦笑いするのだ。母にやり込められるのが大好きらしい。母は今年五十二歳になるが、まだまだ若く美しい。タニ・クリニックで手入れをしているからなおさらだ。女子大の四年生の時に学生結婚をし、すぐに港子を妊娠した。父はその頃ヨットに凝っていて、生まれてきた娘を港子と名づけた。これについて不満を漏らしたら、

「あら、本当は、海子とか太平洋の太《たい》ってつけたかったらしいわよ。私が必死で止めたのよ」

と母は言うのだ。この頃が父と母の短い蜜月だったようだ。我儘《わがまま》な金持ち娘と、有名な遊び人がうまくいくはずはないと、みんな言っていたらしいが、そのとおりだった。父はすぐに愛人をつくって家を出てしまう。そして別居はなんと二十年以上続いているのだ。どうして別れなかったのかと尋ねたところ、

「みーんなミナちゃんのために決まってるじゃない」

と母は言ったが、そんなことは嘘に決まっている。父親の財産がからんでいただろうし、何よりも両親のだらしない性格のせいだと港子は思っている。父親は今、別居してから三人めの女性と一緒に暮らしているが、お金めあての女だと母はいつも悪口を言う。そのくせ毎月かなりの額の仕送りを父から貰うのは平気だ。そして母は、亡くなった祖父から受け継いだ財産も持っている。小さな会社だが、代々業績のよいことで知られるオーナー会社の株をたっぷり貰ったのだ。

つまり母は、都会によくいる、金と時間をふんだんに持つ中年女として、東京の社交界に出入りしていた。デザイナーの由香子も、そうした仲間のひとりだ。時々女性誌の「パーティー・ピープル」の欄に、ふたりで登場していることもある。こういう時、「主婦」という肩書きではまずいと思ったらしく、ゆかりは最近「テーブルコーディネイター」と名乗っている。

五年前に家を出た港子はよく知らないのだが、最近家でテーブル学なる教室を始めているそうだ。そういえばゆかりは女子大の家政学部生活芸術科というところを出ていたし、クロスや食器の趣味も悪くなかった。

「だけど突然お教室始めて、コーディネイターって言い出すの、図々しくない?」

と母に言ったところ、

「いいのよ。若い女の子たちは、別にテーブルコーディネイトを習いたくて来てるわけじゃないのよ。単にお稽古ごとしたいのと、年上の女の人の話を聞きたいだけなのよ」

平然としている。

デザイナーの由香子の他に、港子が「お仲間」と呼んでいる母の友人には、モデルや大金持ちの未亡人、料理研究家、まあまあ売れているノンフィクション作家などがいる。この女たちは大層仲がよく、みんなで高級温泉旅館へ泊まったり、海外旅行に出かけたりする。時々は小さな諍《いさか》いがあり、お互いの悪口を言ったかと思うとすぐ元に戻る。若い女たちの行動パターンと似ているようでどこか違っている。見ていて面白い。

ゆかりは言う。

「私がミナちゃんぐらいの時、四十になったらもう私の人生は終わりだと思ってたけどそんなこともなかったわね。四十過ぎても結構よかったわよ。女なんて若くなければなんの価値もないって思い込んでたけど、あれって間違いなのよね」

こんな言葉が、港子に理解出来るわけがない。もう三十歳になった。そのことばかり考えている。大学の同級生の中には、かなり結婚する者が出始めた。二十三、四歳で結婚した同級生の中には、もう子どももいる者もいるのだ。

結婚を焦っているわけではない。そうかといってしたくない、ということもない。ただ本当に切羽詰まった時に、結婚相手がいないのは嫌だなあと思っているだけだ。いちばん望ましいのは、ちゃんとした相手がいて、彼がこれから先もずっと自分を待ち続けてくれているという形だ。そして安心の中で自分はさらに新しい恋に挑戦する、というのが港子の理想の形だ。

しかし現実はうまくいかない。港子の今の相手は、売れないフリーライターと妻子持ちの男だ。フリーライターの方は、野口翔一《しょういち》といって、今年三十一歳になる。四年前、女性誌のビューティー特集で、タニ・クリニックが取材されることになった。それでやってきたのが翔一だ。こういう時来るのは女の記者に決まっているのに、長身の面白くなさそうな顔をした若い男がやってきたのでちょっと驚いた。聞けば予定していた女性のライターの都合が悪くなり、ピンチヒッターだという。しかしおざなりの取材ではなく、男性ならではの好奇心で質問し、男性の視点で書いた美容整形クリニックの記事は面白かった。それきりの仲だと思ったのに、翔一は再びやってきた。今度は硬めの月刊誌で、「女たちの欲望」というテーマで取材させて欲しいというのだ。

カメラマンが帰った後、昼どきになり、近くの「ブルーポイント」のランチに誘った。院長からもちゃんと接待するように言われていたからだ。

「野口さんって、いつもどんなお仕事しているんですか」

「いろんなことをしていますよ」

翔一は食べることが楽しくて仕方ない、という風に、パスタをフォークに巻き付けながら言った。

「でもわりと硬めの仕事が多いかな。今、取り組んでいるのは、身体障害者のセックスですね」

港子はどう返事をしていいのかわからなくなって、うつむいてしまった。

「そういうことって、活字の世界でずうっとタブーだったんですけど、この頃はいい方向に向かってますよ。障害者専門の風俗嬢っていうのも出てきたし、ハンディ持った人たちが、やっとセックスライフを手に入れることが出来るようになったんです」

「ふうーん」

「それからホラー小説を書いています」

「ホラー小説ですって」

ホントーッ、という声が思わず出そうになった。障害者のセックスとホラーがどうしても結びつかない。

「書いているといっても、新人賞に応募しているだけです。でもこのあいだはホラー大賞の最終まで残ったんですよ」

「ホント、すごーい」

それがどういうことなのかわからないまま、港子は作家志望の男に強く惹きつけられていった。港子は昔からそういうところがある。同級生たちが一流大学の男の子たちしか眼中になかった学生時代、ミュージシャンの男の子に夢中になっていたこともある。夢中といっても、彼が出演するライブハウスに通いつめていただけだ。その後はジムのインストラクターとしばらくつき合い、皆から「変わってるー」と言われた。

「あんまりヘンな男の趣味つくっちゃうと、ちゃんとした結婚出来ないよ」

親友の佳奈《かな》は言ったものだ。

「言っちゃ悪いけど、おたくの両親ってずっと別居してるじゃない。そういうのもさ、ミナの男遊びに影をひいてるかも」

そんなものかなあと思う。影をひいているといえば室田《むろた》さんのことがそうだ。室田さんは銀座の有名花店の若社長をしている。友だちの誰かが飲み会に連れてきたのがきっかけだ。彼のことを知っているのは佳奈だけだ。母のゆかりにも話していない。

もともと母とは、男性のことを話す関係ではなかった。あまりにも長い別居が、母に奇妙なモラルを植えつけたらしい。何でもあけっぴろげに言う母が、自分の男性関係となると、冗談ひとつ言わなくなるのだ。人妻という立場を忘れていないためだろう。おそらく恋人はいると思うのだが、そのことを娘に絶対に話さない。その代わり娘のことも聞き出そうとしない。

恋愛に関する限り、この母娘はいつもぎこちない会話を交わすことになってしまった。

翔一とは必ずといっていいほど週末を一緒に過ごす。室田さんと贅沢な食事とセックスを楽しむのは月に一度だ。この差が、二人への感情と比例するかというと決してそんなこともない。室田さんに、不倫にありがちな甘い激しい気持ちを持つ時もあれば、翔一に物足りなさを感じる時もある。

わかっているのは、どっちとも結婚しないということだ。もちろん小学生の子どものいる室田さんと結婚出来るわけがない。そして一生作家になる夢を追い続ける翔一と結婚するのかと問われれば困ってしまう。住んでいるところは、京王線沿線の１ＤＫの古いマンションだ。恋人の部屋だと思えば泊まりもするけれども、こんなところに一生住む気はなかった。だいいち翔一から将来をほのめかされたことなど一度もないのだ。この頃、ふと港子はマウスの手を止めてつぶやくことがある。

「私って、本当の恋をしたことあるのかしら」

しかし本当の恋というのが何なのか、港子にはわからない。まわりの友人たちもそんなことをしているとは思えない。不倫をすればそういうものが味わえるのではないかと、ちょっと冒険してみた。確かに時々は嵐のような感情が走り去るけれども、ひとりとり残されてよく見れば、あたりは荒涼とした風景が漂っているだけだ。

「あー、なんかつまんない」

声に出して言ってみる。いっそのこと、二人の男と別れて一からやり直そうと思ったりもするのだが、そんな勇気はまるでなかった。

ゆかりと仲のいい大金持ちの未亡人は、かねがねレストランを経営することを夢見ていた。「お友だちが集まるサロンのような店」というのを、このたび広尾にオープンし、そのお披露目パーティーが開かれることになった。広尾といっても、女子高の裏にある人気《ひとけ》のないところだ。ここにおそろしく金のかかった超モダンな建物をつくった。まるでサイコロを中途半端にころがしたような形だ。

「あんな店、お客が入るとは思えないけど、それでもいいんじゃないの。あの人、少しはお金を遣わないと、みーんな税金に持っていかれてしまうんですもの」

などと言っていたゆかりが、ぴたっと悪口を言わなくなったのは、その新しいレストランのコーディネイトを任されたせいだ。

当日は驚くほどたくさんの招待客がやってきた。港子の顔見知りの女性誌の編集者たちもたくさん来ている。中に業界の大物と呼ばれている、人気雑誌の編集長の姿も見えた。彼女もこの何年か、タニ・クリニックの大切なお客である。

「お久しぶりです。お珍しいですね、こんなオープンのパーティー」

本当にそうだ。彼女のような編集長が来るところではない。

「ミナちゃん、知らないの。このレストラン、大月雄也《おおつきゆうや》が設計したのよ」

ニューヨーク帰りの建築家は、大きなプロジェクトにも加わり、日本でもすぐに名を知られるようになった。最近では美術館の仕事で賞を貰ったばかりだ。しかし公共建築が多く、このようにレストランの設計をするのはおそらく初めてではないか。それならばぜひ見てみたいと、物見高い編集者たちが押しかけているというのだ。

「そうかなあ、私、とっても暗い感じがしますけど」

「だけどね、この店、ほらこのガラス使いを見てごらんなさい。昼間はすっかり違った表情を見せるはずよ」

「へえー、そういうものですか」

まずは母を探そうと二階へ向かった。二階は個室がいくつか並んでいる。一階でのパーティーのざわめきが吹き抜けから伝わってくる。その時、右側の個室から、グレイのラメのドレスに身を包んでゆかりがすうっと出てきた。そして男が追う。何か小さな言い争いをしているのか、母の顔が険しい。その時、男の手が母の腕をつかんだ。その荒々しいしぐさに、港子はすべてを了解した。

「ふうーん、この男がママの恋人か」

男は黒いジャケットを着、白いシャツのボタンをいくつかはずしていた。このあたりの男のよくあるファッションだ。そう目立つ風貌ではない。ただ唇が男にしては厚いと思った。

ゆかりは視線を感じて振り向いた。そして港子を見つけ、不必要な大声を出す。

「まあ、ミナちゃんたら、こちら、建築家の大月先生よ」

それが母の恋人を見た最初だった。

2

港子は、母の恋人をもう一度眺めた。有名な建築家として、何度も写真で見たことがある。厚い唇が気になるものの、実物は写真よりもずっといい。港子はとっさに別居中の父と較べている自分に気づいた。父の方が背は高いし風采も勝つ。目の前の男には、気むずかしそうな翳《かげ》りがあり、それも減点になる。しかし社会的地位や金は、ずっとこちらの方があるだろう。

「まあ、同点っていうとこかな」

港子は心の中でつぶやいた。

「大月先生」

母のゆかりはやや早口で言った。

「こちら、娘の港子です」

「こんな大きなお嬢さんなんだ……」

男は文字どおりまじまじと港子を見つめたが、それは港子が初めて経験する視線であった。中年の男が、若い女を初めて見た時のそれとまるで違っている。値踏みをしているわけでも、敵意を持っているわけでももちろんない。ただ港子から、遠いぼんやりとしたものを引き出しているようであった。それは若い日の母の姿だとすぐにわかる。やはり二人は恋人同士だと港子は了解した。

「学生さんだっけ？」

大月は義務感からという風に尋ねる。おそらくゆかりから娘がいることは聞いていただろうが、こんな年だとは思っていなかったに違いない。「学生」という発音に、あきらかに媚《こ》びがあった。

「いいえ、もうとっくに働いてますよ。もう三十なんですから」

ゆかりはさらに早口になった。早くこの場をおさめたいという雰囲気がありありとみてとれた。

「え！　三十歳なの、嘘だろ。だったら君がいくつの時の子どもなの？」

「前にお話ししたでしょう。私、学生結婚しているから早いのよ」

それじゃ、と港子は頭を下げた。二人はまだ港子の年齢について話している。背を向けて歩きながら、「君」という言葉について反すうした。そうか、母の恋人は母のことを「君」と呼んでいるのか……。

港子は恋人たちの声を思い出す。「ミナ」「ミナコ」「ミーナ」……「ミナちゃん」というのも多かった。もしかするとあの男も、二人きりの時は、母のことを「ゆかり」と呼ぶのかもしれない。しかし男の口からすらりと出た「君」という言葉は、港子にとって驚きだった。愛人のくせして、どうして「君」などと夫婦のように呼びかけるのだろうか。

別に母親の恋人に会ってショックだったわけではない。やっぱり、という気持ちだけだ。やっぱり、母には母の生活があったのだなあと思う。

レセプション会場となっているダイニングに降りていくと、見知った顔はさらに多くなった。

「ミナちゃん」

「唐谷さん」

取材で親しくなった編集者たちだ。ファッション誌の編集者たちは、流行の服を一分の隙もなく着こなし、大ぶりのブランドもののバッグを手にしている。こういう時、あまりパーティー然とした服では浮いてしまう。いかにも、今、仕事先から駆けつけた風で、しかもおしゃれで気のきいたファッションというのは、彼女たちの腕の見せどころなのだ。

「ねえ、ねえ、ミナちゃん、このあいだは『ルージュ&アイ』で、十二ページの大特集をしてあげたでしょう。いいナーって思ったわ」

　ライバル誌のことを嫌味に持ちかけるのは、こうした場での社交辞令というものだ。女は三《み》ッ木《つき》裕子《ゆうこ》といって、人気女性誌の編集長である。四十代半ばの彼女は、タニ・クリニックで法令線にヒアルロン酸を入れている。当然院長とも親しく、タイアップ広告を載せるほどの仲だ。

「ねえ、ねえ、うちの方でも今度大きく記事をつくりたいのよ。もう、プチ整形なんかあたり前なんだから。その先をいく最新技術のことを、ちゃんと先生に話して欲しいの」

「わかりました。院長にちゃんと話しておきます」

「そう、そう、近いうちに、ミナちゃんと院長の三人でご飯でも食べましょうよ。ねっ」

　港子の手を握ろうとして裕子の顔が近づく。しょっちゅうヒアルロン酸を注入しているにもかかわらず、裕子の皮膚は弛《たる》みが目立つ。鼻の頭の毛穴もはっきりと見えた。

　これほど美容に気を遣い、各化粧品会社からたっぷり試供品を貰っているにもかかわらず、たいていの女性編集者は肌が荒れている。不規則な生活と睡眠不足がたたっているのだ。裕子はやり手の編集長として知られ、別の外資の出版社で、実売三万の女性誌を見事に立ち直らせた。その実績を買われ、新雑誌創刊のために移籍したのであるが、その契約料は年に三千万とも四千万ともいわれ、週刊誌ネタにもなったぐらいだ。

「あーら、チエちゃん」

裕子は港子の手を離しながら、次のターゲットに向かって声をかけた。

「来てたのー、知らなかったわー」

「ごぶさたー」

二人の女は、まるで何かを誓い合うように手を合わせた。背の高い美しい女は、モデルの安藤智絵だ。最近はドラマやバラエティに出ることも多い。服のセンスがいいことで知られ、こうしたパーティーには欠かせないひとりだ。ハーフと間違えられそうなほど彫りの深い顔立ちだ。もっとも谷院長に言わせると、「森田さんとこで、ものすごく頑張ったんだ」そうだ。森田の経営するクリニックも、芸能人が多いことで知られている。谷とは仲がよく、時々一緒に飲んでは、それぞれの「作品」を自慢するらしい。

「チエちゃん、ドラマ、いつも見てるわ。すっごいじゃない。主役のあのコ、完全に喰ってるもん。視聴率だってすっごくいいんでしょう」

「そんなことなーい。もおー、チエ、お芝居なんて自信なくなっちゃう」

自分のことをチエと呼ぶ彼女は、確か三十を過ぎている。知的でやや冷たい風貌にもかかわらず、鼻にかかった声を出す。レズビアンという噂があるのを港子は思った。

そして二階に目をやる。母と恋人との痴話喧嘩は終わったのだろうか。それにしても母があんな大物とつき合っているとは意外だった。大月雄也ほどの有名人なら、若く美しい女などいくらでも手に入るだろう。建築家に憧れる女はいくらでもいる。いくら若く見えるといっても、母は五十二歳なのだ。

ここまで考えて港子はひとり照れてしまう。今まで母の性生活など考えてみたこともなかったからだ。しかし母は、あの唇の厚い男とそういうことをしているらしい。おぞましい、などという気はまるで起こらず、ただ不思議なだけだ。五十二歳の女とセックスして、本当に楽しいのだろうか。

「ミナちゃん、ちょっといいかな」

部屋でパソコンを打っていると、院長から内線が入った。プラチナ通りを見おろす院長室は、イタリア家具と花で溢れている。人に顔を見られないよう、ＶＩＰをそこに通すこともあるからだ。

「あのね、今、リナちゃんから電話があってちょっと点滴やってもらいたいんだって。どこか部屋空いてるかな」

「三番が空いてると思います」

「じゃ、そこに入ってもらってよ。それとさ、西村さんにお願いしといてね」

口の堅い看護師の名を口にした。

「リナちゃん、いつものように下の駐車場から上がってくるんですね」

「そう、そう。着いたらマネージャーからもう一回電話があるはずだから、ミナちゃんが迎えに行ってあげて」

「わかりました」

早田梨奈《はやたりな》は、今人気絶頂の若手女優だ。出るドラマがすべてヒットし、CMで彼女の顔を見ない日はない。彼女がここに点滴を打ちにくるようになったのは、三ヶ月前からだ。ふつうの病院と比べてずっと融通がきき、飛び込みでもすぐに診てくれるので、風邪の注射や点滴にやってくる有名人は多い。世間には知られていないことであるが、美容整形クリニックは、きちんとした病院の役割を果たしているのだ。

五時少し過ぎに地下の駐車場で待っていると、紺色の大型ベンツが停まった。助手席から、もう顔馴染みとなった小柄なマネージャーが出てきた。

「唐谷さん、いつもすいませんね」

「いいえ、とんでもない。お待ちしておりました」

「リナ、着いたよ。ちょっと起きてよ」

マネージャーの男は、後ろのドアを開けた。白いブランケットとやはり白い熊のぬいぐるみが見える。ブランケットが少し動いて梨奈の顔がのぞいた。

アイドルとかタレントと呼ばれる若い女の子に初めて会った時、その細さに港子は驚いたことがある。頬は青白くこけ、手や脚からは骨が浮き出ている。拒食症ではないかと疑ったほどの不健康さであった。ところがいったんテレビの画面を通すと、彼女たちはほっそりとした美しい少女たちに変わる。いきいきと喋り、笑い、その魅力をふりまいていく。梨奈もそのひとりだ。たいていの場合、だらりとして元気がない。

テレビに出る直前に、マネージャーが電流を通すのだろうかと思うほどであった。

「あーあ、唐谷さん。久しぶり……」

それでも人懐っこく右手を動かす。

「すごくお疲れみたいですね」

「ドラマの収録終わるの待って、バンクーバーで特番撮ってたんですよ。それがちょっときつかったみたいで、今朝からダウンですね」

「リナちゃん、歩けるかしら」

「やめてよ。病人じゃあるまいし」

車から一歩降りると普通に歩き始めた。

D&Gのジャンパー、ヴィンテージジーンズにブーツという、いかにも芸能人といった格好だ。深くキャップをかぶることも忘れない。

「思ってたより時差がきつくって、帰ってきてからも眠れないの。もうトシなのかしら」

「やめてよ」

二十二歳の人が、と言いかけてやめた。自分も二十二歳の時そうだった。年をとることへの怖れと、今若いことの自信が、そういうことを言わせるのだ。

このビルの駐車場の奥には、もうひとつ小さなエレベーターがある。顔を見られたくない有名人は専《もっぱ》らここを利用する。その代わりクリニックまではかなり歩くのだが、その迷路のような通路を、港子は誘導する。

「そう、そう、唐谷さん、後で私を迎えに来る人がいるんだけど」

「ボーイフレンド」

「あたりィ」

梨奈はにっこり笑った。日本中の男の子たちが渇仰《かつごう》するあの笑顔が、水に洗われて素のままになっているような愛らしさだ。歯が白くて見事な歯並びだ。梨奈は顔の方はまだそれほどいじっていないらしいが、歯は相当金をかけているな、と港子は思った。

「でもね、ま、今のところジャストフレンド、っていうところかしら。私はひと目見て、キャッ、素敵って思ったんだけど、相手はそうでもないみたい」

「リナちゃんをひと目見て、好きにならない男の人なんているのかしら」

週刊誌やワイドショーを賑わせた何人かの男を思い出す。誰もがトップアイドルと呼ばれるスターであった。

「やだー、唐谷さんたら、そんなはずないじゃないのォ」

梨奈は軽く港子をぶつ真似をしたが、その動作が中年女のようで少々びっくりする。

「私だってフラレたこと、いっぱいあるもん」

「リナちゃんが？　信じられない」

ひと頃流行ったファニーフェイスというのではない。顔、スタイル、どれをとっても完璧の美女だ。これほどの美しさを持っていれば、中身など男は問わないに違いない。性格がいい、悪い、気配りが出来る、頭がいい、などという評価をされるのは、容姿が並程度の女たちだ。梨奈ほどの美しさなら、たいていの男は、その美貌に眩惑され、存在するだけですべてを受け入れるに違いなかった。

「私ってダメなのよ。いったん好きになると男の人に尽くしちゃうから、それで男の人にナメられちゃうのかも」

男のマネージャーもここまではついてこない。だから梨奈も心を許して、さまざまなことを口にする。いや、病院というのはそういうところかもしれなかった。いくら美容整形といっても、白い壁の静寂は、人の心を大層素直にするものらしい。

「今日はね、キセキなのよ」

「キセキ?」

「奇蹟」

そう言って梨奈は急に両手を優雅にしならせバレエのようなポーズをとる。モデルをする前はバレリーナ志望の少女だったのだ。

「いつもはね、カレ、私にそっけなくするんだけど、今日は迎えに行ってやってもいいって。私が具合悪いってメールしたら、ここまで来てくれるんだって」

「それはよかったわね」

いくら点滴を受けにきているといっても、ここは美容整形クリニックである。こういうところに好きな男を迎えにこさせる神経がいまひとつ港子にはわからない。が、若いタレントというのはそういうものかもしれない。

「あのね、彼って、芸大の大学院に行ってるの」

梨奈は重大な秘密を打ち明けるように言った。

「へえー、すごいじゃない」

「スカウトされてモデルもやってるのよ。本人は学費稼ぎだなんて言ってるけど、結構売れっ子なの。だけどムラがあってね、このあいだはミラノコレクションのオファーがあったんだけど、すぐに断っちゃったのよ。ねえ、変わってると思わない」

今夢中になっている男のことをいつまでも喋りたがる梨奈を、とにかくベッドに横たわらせて、港子は看護師を呼んだ。

「先生から指示が出てると思いますけど、いつもどおり、500cc一本で」

「わかりました」

看護師はぴくりとも表情を変えない。自分より年下の港子に指示される、という不快さをこうした顔で表しているのだ。タニ・クリニックには六人看護師がいて、当然、師長もいる。だから院長から港子という命令系統もあることを彼女たちは決して快く思っていない。そもそも港子の存在が気に喰わないのだ。これについて港子はかなり悩んだ。出来るだけ下手に出たり、彼女たちと仲よくしようと一緒に飲みに行ったこともある。が、すべてが無駄とわかった今は、普通にふるまうことにした。下手に出ず、そうかといって高慢にもならない。ランチはひとりでとり、余計なことを喋らない。孤独といえば孤独であるが、自分のペースで仕事をしていると思えばいいのだ。

直接携帯にかけてくる有名人たちと他愛ないお喋りをし、予約をとってやる。やってきた顧客の話し相手になってやる。それだけで一日はあっという間に過ぎていく。そうしたら港子の勝ちだ。看護師たちは地下鉄を乗り継いで自分の家に帰るか、あるいは途中でささやかな夕食をとるだろう。しかし港子にとっては長い夜の始まりだ。小学校から一緒だった同級生たちとは今でも仲がいい。話題の店へ行き、飲んで食べて、時々は踊ったりする。恋人と会って、食事をしてセックスをする。こうした日々の流れは、もうしっかりと出来ていて、とてもなめらかで快適だ。職場で少々嫌なことがあっても揺らぐことはない。今のように看護師に不愉快なめに遭ってもだ。

一時間ほどたった頃、受付から連絡があった。

「唐谷さんにお客さまです。なんでも知り合いを迎えにきたとか……」

「わかったわ。応接室にお通ししてください」

ドアが開いて青年が入ってきた。モデルをしているから大変な長身だろうと予想していたが想像以上だった。若木が突然差し出されたようだ。しかも顔が小さく、適度に筋肉がついているので、気持ちいい体つきだ。今どきの青年らしく、ところどころ破れたジーンズを穿いているが、上に羽織ったジャンパーは上質そうな革だ。くっきりしすぎていない二重が知的に見える。芸大大学院生という肩書きがなくても、かなり聡明そうだ。これなら梨奈が心を奪われても仕方ないと港子は微笑みたくなった。

こういう仕事をしていると、少年少女の恋を見守る遠縁の女のような気持ちになってくる。

「リナちゃんのお迎えにいらしたんでしょう」

「ええ、そうです」

「点滴もうじき終わると思うんで、ここでお待ちください。私、こういう者です」

港子は名刺を渡した。

「あ、僕、名刺持ってないんで」

そう言いながら青年は、じっと名刺を見つめる。その喰いいるような視線にただならぬものを感じた。紙片から何かを読み取ろうとするかのようだ。

「あの、唐谷さんですよね」

「はい、そうです」

「リナから話を聞いた時、もしかしたらと思ったんですけど、唐谷なんて珍しい名前だし……。あの、僕の父、知らないかもしれないけど、建築家の大月、っていいます」

「えっ」

四日前に会ったばかりの男だ。しかもその時、母の恋人だとわかった。彼の息子がここに来るとは、なんという運命の手まわしのよさだろうか。港子は青年の顔を見つめる。すると唇がぼてりと厚めのことに気づいた。確かにあの男の唇だ。

3

「僕の本名は、大月泰生《やすお》っていうんです。モデルをする時に、やっぱり本名だとめんどうなことが起こるかもしれないって思って、太田っていう名にしたんだけど」

「ふうーん、じゃ、あなたが、あの大月さんの息子さんなんだ」

気まずい間があった。それを破ったのは泰生の方だ。

「ま、僕たちちって奇妙な仲ですよね」

「そうね、そういうことになるわよね」

「親同士がつき合っていて、その子どもたちが会ったら、どうしていいのかわからない」

「そんなに深く考えることもないいんじゃない」

港子はそっけなく言った。たぶんもう二度と会うこともないんだし、という思いを言外ににおわせている。それにしても、本当に奇妙な仲だ。彼が大月の子どもだとわかったとたん、自分の言葉遣いはぞんざいになり、接客する気を完全に失っていた。一方泰生の方は、最初から丁寧語を使っているのだ。おそらく育ちのよさから、自分より年上の女にはそう接しなくてはいけないと思っているのだろう。

「だけど正直言って、親父のことを聞いた時はびっくりしましたよ」

「私だってそうよ。私の母って派手で適当に見えるかもしれないけれど、父との籍もそのままだし、実はとっても真面目な人なの。だから母に好きな人がいるらしいってわかった時はびっくりしたわ。といっても、私がそれを知ったのは最近のことだけど。あ、ちょっといいですか」

港子は断って給湯室に入った。用意してあるコーヒーメーカーからコーヒーをカップに注ぐ。このコーヒーを潮時に自分は部屋を出るつもりだった。泰生をひとりで待たせておけばいい。彼の恋人の点滴が終わるのを待って、それまでつき合う気はなかった。

しかし泰生はコーヒーカップが目の前に置かれるやいなや、即座に手を振った。

「あ、僕、コーヒー駄目なんです。まるっきり飲めないんです」

「だったら紅茶でも淹《い》れましょうか。ティーバッグだけどいいかしら。何だったらミネラルウォーターもあるけれど」

「いいえ、飲むものはいいです。それよりも、ちょっと時間をつくって話をしていただけますか。今、とてもお忙しいですか」

青年があまりにも礼儀正しく乞うてくるので、港子は断ることが出来なくなってしまった。しぶしぶソファに座る。

いったいどちらが悪いのかわからない。いや、男と女のことで、どっちが悪いなんてことはないだろう。どっちも悪いことをしているのだ。なのに男の方は妙に下手に出て、港子の方は居直って強気になっている。この違いはどういうことだろうかと港子は考える。たぶん自分自身も妻子ある男とつき合っていることが大きいだろう。この美しい青年と向き合っていると、すべてが見透かされているような気がするのだ。

「それじゃ、リナちゃんの点滴が終わるまでね」

港子はソファに腰かける。こうすると泰生と向かい合う格好になった。確かに魅力的な顔だ。いわゆる二枚めとか美男というのではない。切れ長の目と、鋭いペティナイフで固めたような鼻だけなら冷たい印象を受けるかもしれない。が、彼はぶ厚い艶々とした唇を持っていた。それだけは父親そっくりの厚い唇が、彼の顔に性的な躍動感を与えていた。

そういえば谷院長が言ったことがある。この仕事を始めた頃といちばん違っているリクエストは、厚い唇かもしれない。昔は全くといっていいぐらいそんな要求はなかった。女たちが望んでいたのは、薄い小さな唇だったのだ。それがこの何年か、タレントや女優の影響で厚くぽってりとした唇が好まれるようになった。注射である程度の大きさにすることが出来るようになったのも、この女たちの要求によるものなのだ。

目の前にいる泰生の唇も、たぶん女たちによって「セクシー」と表現されることであろう。梨奈は片思いのようなことを言っていたけれども、キスぐらいはしているに違いない。目を閉じる瞬間、この男の唇はたぶんいったいどれほど素敵に見えることだろう……。

いけない、いけない、と港子は思う。こういう仕事に就いてからというもの、初対面の人間の顔をこんな風に観察するのがクセになってしまっている。

「あの、こんなこと聞いてもいいですか」

「どうぞ」

「唐谷さんのお母さんって、いったいどんな方なんですか」

「ふつうのおばさんですよ……というと嘘になるかな。娘の私から見ても、なかなか綺麗で魅力的な女性だと思うわ。何ていうのかしら、子どもの頃からうんと贅沢にお嬢さまに育っている人独得の可愛らしさがあるの。五十代の女性をつかまえて、可愛い、なんていうのはおかしいでしょうけど、みんなが私のことを好きに決まっている、私が行くとみんなが喜ぶはず、っていうあの精神構造は、なかなか得がたいものなんじゃないかしら」

「なるほど」

泰生は頷《うなず》いた。

「親父はそういうところに惹かれたのかもしれません。あの人はエリートのように言われているけどまるっきり違います。苦労して地方の国立出て、アメリカに留学したのも試験に受かったからなんです」

「そうなんだ」

彼の父親のことを雑誌で読んだことがある。確かスタンフォード大学だったかシカゴ大学だったかで博士号を取り、母校で客員教授をしていると書いてあった。

「親父は職業柄、結構いろんなことがあったと思うんですよ。建築家っていう仕事は女性にモテます。僕なんか建築を大学院でやっているっていうだけで、頭がよさそうだって思われたりするんです」

「あら、本当にいいんじゃないの」

港子の軽口を泰生が遮《さえぎ》った。

「お袋が自殺したんです」

「え、何ですって」

「未遂で終わったんですけど、手首切ったんですよ」

「そ、そんな……」

次の言葉が出てこない。そのとたんすべてのことが裏返って思えてくる。母の呑気さ、自分勝手さ、愛らしさ、今まで美点に思えていたものが、どうしようもないほどの悪性の気だてに見えてくる。母は加害者ということなのだ。それにしても自殺とは。

「どこまで本気かどうかはわかりません。自分で救急車呼んだんですけど、帰りは包帯巻いてタクシーで帰ってきたぐらいですから。お袋は昔からそういうところがあるんです。自分が手にしているものがいつ人に奪われるかどうか、不安でたまらないっていう人なんです」

「だけど、自殺図ったんでしょう。そんなこと言うもんじゃないわ」

「そうなんです。本当にどうしようもない人なんですけど、僕にとってはお袋だし、いったい、どうしたらいいんだろうってずっと悩んでいたんです。親父は、おたくのお母さんと四年ぐらいのつき合いなんですけど、どうやら夢中みたいなんです。この夏にも一緒にイタリアへ行っていたみたいで……」

「ああ、あれね。え、そうだったんだ」

一週間ほど北イタリアへ遊びに行ってくると聞いていたが、いつものお仲間と一緒だと思っていた。このあいだ実家へ行ったら、面白い形の指輪をしていた。フィレンツェで買った銀細工と言っていたが、案外あれは大月からのプレゼントだったかもしれない。

「おたくのお母さんへの気持ちは、ただの浮気とかそういうことじゃないみたいなんです。どうやらお袋に、家を出て、おたくのお母さんと一緒に暮らしたいって言ったみたいなんです」

「ウソでしょう」

思わず大声を出した。

「いくら魅力的だ、キレイだ、なんて言ってもうちの母はもう五十過ぎてるんですよ。そんなおばさんに、どうしてそんなに思いつめるの。それに、うちの母は父とまだ正式に別れていないのよ」

「正直言って僕もそう思います」

泰生は微笑んだ。そうするとぶ厚い唇がかなり皮肉っぽい意地悪な動きをすることに気づいた。

「だけど親父は本気なんです」

「あなた、確かめたの」

「ええ、お袋が自殺未遂した夜に、もうお母さんとは暮らしていけない。自分も六十まであと三年しかない。これからの人生、本当に好きな女と暮らしていきたいって僕に言ったんですよ」

「私、信じられないわ」

港子は立ち上がっていた。こんなことってあるだろうか。自分の知らないところで事態がそんなところまで進んでいるとは考えたこともなかった。

「だってうちの母親は五十二歳なのよ。どうして五十二歳の女と結婚しようなんて思うの。おたくのお父さんが、本気でそんなこと考えてるなんて、私、どうしても信じられないのッ」

その時、内線電話が赤く光った。息を整えてから出る。梨奈の点滴を行っていた看護師からであった。

「早田さん、今、終わりました。そちらに向かっています」

「わかりました……」

二人はしばらく見つめ合う。自分たちこそ恋をしたり、愛し合ったりして何の不思議もない年齢なのだ。それなのに親たちが今、やっかいな恋愛沙汰に陥っているという。

「もう一回話し合いましょう」

港子は言った。

「そちらのスケジュール、教えてくれる。私のも教えますから」

「わかりました」

ふたりが日にちを確かめ合ったとたん応接室のドアが開いた。

「お待たせしました」

点滴をしている間にぐっすり眠りもしたのだろう。来た時とは別人のような梨奈がいた。頬はばら色がさして、唇も赤くなっている。何よりも目が輝いていて、一心に好きな男を見つめていた。

「ごめんねー、すっごく待たせちゃって」

「そんなことないよ。唐谷さんといろいろ話をしていた」

「え、何を」

嫉妬のためにとっさに眉をひそめた梨奈を本当に可愛いと思う。

「リナちゃんがいかに可愛くっていい子かってことを、いま太田さんとお話ししてたのよ」

「本当、嬉しいな」

梨奈は無邪気に顔をほころばせる。こういうあどけない素直さは、天性のものと訓練したものとがたぶん入り混じっているのだろう。もはや梨奈はこうした〝無垢〟さえ自由に出し入れ出来るようだ。

「彼のお迎えが来てよかったわね。元気になったからって無理して、夜遊びしないようにね。せっかく点滴したんだから、今日は早く帰って早く寝た方がいいわ」

「そうね。この後Bunkamuraで写真の展覧会見て、その後軽く食事をするのよ。ねっ」

泰生の腕に自分の腕をからめる。まるでファッション誌から抜け出してきたような二人だった。

「まぁ、いいわねぇ。楽しんできてね」

こうやって若い二人を送り出すと、自分が年増の世慣れたおばさんのように思える。たぶん半分そうなりかかっているのだろう。そしてそのおばさんの実の親が、今激しい恋をしていようとは……。

港子からため息がこぼれた。

二日後、港子は椎名百合子に痛み止めの薬を渡している。

「そんなことはたぶんないと思いますけれども、夜になって痛みが我慢出来ない時は、こちらを二錠飲んでください」

「わかったわ、ありがとう」

百合子はジュエリーデザイナーだ。自分のブランドが人気を博し、その優雅なライフスタイルはよく女性誌でも紹介される。ヨーロッパのマダムのようによく灼けた肌と、素晴らしいプロポーションからは想像しづらいが、彼女は今年五十三歳になる。さっき港子はカルテを見たばかりだ。若く見えるが、母親と同じぐらいだろうと踏んでいたがやはりそうだった。泰生からあの話を聞いてからというもの、母と同じぐらいの年の患者にこだわっている。百合子はひとつ上だが、母とほぼ同じ年といっていいだろう。

「あれって、何度やっても痛いものね。私、あのことを考えると、昨夜もよく眠れなかったぐらいよ」

あれと百合子が言うのは、皮膚の若返りに大変効果があるというサーマクールのことだ。レーザーで皮膚の深部を焼いていくというもので、ピストルのようなレーザーを直にあてて発射していく。レーザーを打っていく音がどしんどしんと耳に響いてたまらないという者もいる。

「だけど椎名さまは痛みに強い方ですよ。もう途中でやめてー、もういいわーっておっしゃる患者さんも何人かいらっしゃいますよ」

「私だって本当は、もうやめてーって叫びたいところよ」

百合子はコーヒーをすする。サーマクールをした直後なのでところどころ赤らんでいる。今日一日は腫れが残るけれども、明日からは普通に戻る。そして二、三ヶ月後には美しく若々しい肌が生まれてくるのだ。

「唐谷さん、さぞかしおかしいでしょうね」

「え、何がですか」

「だってこんな年になっても、痛い思いをしてまで若返ろうっていうんですもの。若い人から見るとおかしくて笑っちゃう話よね」

「とんでもない」

港子は真顔で否定した。

「私たちは幾つになっても、若々しさと美しさを追い求める方を応援するのが仕事ですもの。椎名さまはバリバリお仕事していらして、それで本当におしゃれにも手を抜かないんですから、素晴らしいと思いますすよ」

心からそう思う。そう思わなければとてもではないが、美容整形クリニックなどというところに勤められるわけがない。

「お世辞でもそう言ってもらえると嬉しいわ。私もね、唐谷さんぐらい若い頃は……」

「私、若くないですよ」

「若いわ。三十歳なんていうのは若さのまっただ中よ。そう、私があなたぐらいの時は、五十の女はすべてを諦めてあたり前だと思ってたわね」

「そんなこと……」

確かに港子は母のことをそう考え、二日前にははっきりと口にしたばかりだ。

「五十、六十にもなって、若くいたいとか、綺麗なままでいたいって願うおばさんを見てて、なんてあさましいんだろう、なんてみっともないんだろうって笑ってた。でもね、自分が五十になってはっきりとわかったわ。女って幾つになってもあさましいものなのよ。あがいてあがいて、どうしようもないもんなの」

「そうでしょうか。でも椎名さまは自然にさりげなく、年齢を重ねていらっしゃると思いますけど」

「そんなの、女性誌にインタビューされる時のキレイごとよ。私、何もしてません。よく眠り、よく食べるだけなんです。少々の皺《しわ》があっても、それはとても魅力的なものじゃないんでしょうか……。あー、バカバカしい。本当にそんなことを考えている女がいるのかしらねぇ」

今日の百合子はいやに饒舌《じょうぜつ》だ。年下の夫との間に何かあったのだろうか。彼女の夫はそこそこ売れている舞台俳優で、おしゃれで知的な夫婦として時々グラビアにも出るぐらいだ。それにしてもと港子は考える。よくこのクリニックにもやってくるけれども、女性誌を飾る女というのは本当に大変だ。容姿だけではなく、私生活を丸ごと素敵に整えていなくてはならない。ハンサムで社会的地位の高い夫、賢そうな子どもたち、センスのいい家を他の女たちに見せびらかし、羨ましがらせる多くのものを持ち、よく手入れをしなくてはならない。そして最後は自分の顔にたどりつく。素敵なストーリーの女主人公は、永遠に若くなくてはいけないことに気づくからだ。

ポケットに入れた携帯が振動を始めた。クリニック内は携帯禁止だが、港子だけが仕事上許されている。表示を見る。登録したばかりの泰生であった。

「ちょっと失礼」

廊下に出たが、他のスタッフに話を聞かれるのが嫌で空いている診察室に入った。

「おとといはどうも」

会って話した時よりも、ずっとぞんざいな喋り方であった。

「いいえ、こちらこそ」

「いよいよ親父が家を出るって言ってるんですよね」

「そんな……」

「おたくのお母さんはどうなんですか」

「まだ母とは会っていないの。週末に行こうと思っていたんだけど」

「え、電話でも話していないの」

「そんなこと電話で話せないわ」

「随分無責任な話だよな」

咎《とが》める口調に港子はむっとした。

「だってうちは母娘で男の人の話なんかあんまりしたことないの。父と別居していても、一応母は人妻ですから、軽々しくいろんなことは聞けないの」

「とにかく会って話をしませんか、今日」

「いいわよ」

「渋谷はどうですか」

「じゃ、セルリアンタワーのロビーで」

「行ったことない」

「じゃ、どこよ」

「センター街あたりなら」

やめてよと港子は怒鳴り、結局東急東横店の中のティールームで待ち合わせることになった。

4

夕方のデパートのティールームというのは、大層混んでいるものと相場が決まっている。待ち合わせをしているらしいOLや、買物帰りの中年女たちで、席はひとつも空いていない。港子はしばらく待った後、ようやく入り口に近い二人がけに座ることが出来た。時計を見る。約束の時間よりも十二分過ぎていた。男に待たされているからと怒る年でもないけれども、相手が年下だとやはり癪《しゃく》にさわる。

「おばさんだからって、なめてんじゃないでしょうね」

タレントの梨奈と帰っていった姿が浮かんできた。ほうーっとため息をつきたくなるほど若く美しい二人だった。どちらも顔が小さく手足が長い。梨奈は素顔でジーンズ姿だった。それがかえって、あたりに若さの濃厚なかおりをまき散らしていったようだ。

若くて美しい女に誰がかなうだろうか。

本当にそう思う。タニ・クリニックの患者たちのほとんどが中年の女たちだ。四十、五十代の彼女たちは金も、美しくあろうとする意欲もたっぷりと持っている。世間からは「若くて綺麗な人」と言われている女たち。が、どんな女も、あの素顔の梨奈にはかないやしない。アンチエイジングというのは、結局、失ったものを執拗に訪ねる旅かもしれないと港子は考える。

そして泰生も梨奈の片われであり、完全にあちら側の人間である。彼にしてみれば、三十歳の港子などどう見ても「おばさん」だろう。自分の父親との関係がなければ声もかけなかったに違いない。それがひょんなことから、こうして約束を取りつけることになった。彼は若く美しい男が持つ尊大さで、こうして相手を待たせている。

もし自分が梨奈のような年齢の女だったら、こんな無礼な仕打ちをしただろうか。世の中には、向かい合っているだけで、自分の平凡さや劣っているものを、否応なく思い知らしてくれる人間がいるものだが、梨奈と泰生などその最たるものだろう。二人ともタレントとモデルという、容姿の優れた人間だけに許される仕事をしている。仕事柄、女優やタレントという人種は見慣れているけれども、あの時の二人は本当に眩しかった。彼らはその眩しい光で、まわりの人々の気分を少し暗くする。気をつけてねと二人を見送った後、港子の心の中に、澱《おり》のようなものがたまっていて、それは今も続いているのだ。

「私はもうおばさんだから……」

タニ・クリニックにやってくる中年の患者たちが聞いたら「何言ってるのよ」と叱られるに決まっているけれども、若さというのは相対的なものだ。五十代の人に較べたら若いかもしれないけれど、二十二歳の人に較べたらどうしようもないくらいおばさんなのだ……。

「すいませんー」

目を上げると、革ジャン姿の泰生が立っていた。あまりにも背が高いので、肩のあたりしか見えない。それが上下しているので、彼がとても息を切らしているのがわかる。

「すいません。地下鉄、事故ですごい遅れたんですよ」

「遅いから、もう来ないかと思っちゃったわ」

「本当にすいません。渋谷の駅地下、必死で走ってきたんですけど」

女たちがみんなこっちを見ている。泰生のようなハンサムな若い男に、どうして年上の女がずけずけと文句を言っているのだろうかと思っているのだろう。恥ずかしさとやりきれなさ、そして少々の晴れがましさを感じながら、港子は立ち上がる。

「もうここ出ましょう。こんなせわしないところ、落ち着いて話も出来ないわ」

驚いたことに泰生は、港子の手から伝票をひったくるようにして取ると、レジに向かったのだ。すばやく港子のコーヒー代を払ってくれる。

「そんなことしてくれなくてもいいのにー」

よっぽど女の扱いに慣れているのだろうと、少々鼻白んだ気持ちになる。遊んでいて、うんと美しい男。自分とは全く無縁のものだ。

「それじゃ、どこに行きましょうか」

彼は身をかがめるようにして尋ねる。といっても、港子はセンター街に入っていく気などまるでなかった。若者たちだけが行き来する迷路だ。セルリアンタワーまで歩いてもいいのだが、泰生はああした高級ホテルに抵抗があるようだ。そうかといって、落ち着いて喋れるところなど、渋谷にあるはずはなかった。

「いっそのこと、青山までタクシーで行こうか」

「いいですよ」

高樹町の近くに、時々行くイタリアンがある。恋人の翔一との行きつけの場所だが、この際どうということはないだろう。相手はずっと年下の男の子で、しかも母親の恋人の息子という関係なのだ。リーズナブルな値段でイタリアンワインも揃っているから、若いコも多い。場所柄おしゃれな男や女ばかりだ。泰生と行ってもそう目立つことはないだろう。タクシーの中から予約を入れ、席をつくってもらった。木曜の夜だというのに、席は八割がた埋まっていた。二人で向かい合うと、やはり落ち着かなくなる。泰生の容貌はこの店でも目立つのだ。隣の席のカップルの女の方が、ふっと泰生に視線を走らせ、そして港子の方を見る。あきらかに思案していているのだ。今日の港子はジャケットにスウェードのスカートという落ち着いた服装をしている。グランジジーンズの泰生とはどこかちぐはぐなのだろう。

全く年下の恋人を持つ女の気持ちはわからないわと港子は思った。いつもこんな視線に耐えなくてはいけないのだ。泰生とは今日一日だけの仲で本当によかった。年上らしくイタリアンをおごってやって、それで別れることになるだろう。

「大月さん、ワインはどんなのが好き」

大月君でもいいかなとちらっと考えたが、隣の女を意識して「さん」づけにした。

「僕はワインなんかよくわからないから、何でもいいですよ。いつも飲んでるのは焼酎ばっかりだし」

「ふぅーん、若い人はみんなそうみたいね」

シチリアの白ワインをオーダーし、料理のコースはお任せにした。この料金は後で母親に請求しようかとちらっと考える。

「あのね、このあいだのことだけどね……」

前菜が運ばれた頃を見はからって、港子は切り出した。

「うちの母は何も話さないの。もともとうちの親って、自分の肝心のプライベートなことは何も話さないのよ。あれでも古風なところがあるし、父とも正式に別れていないせいだと思うの。だからおたくのお父さんとのことも、ちゃんと話してくれないはずよ」

「そうでしょうね。うちの親父だっておたくのお母さんのことを何も話しませんよ」

「そうでしょう。こんな言い方するの失礼かもしれないけど、あちらは五十を過ぎた人たちなのよ。私たち子どもがあれこれ言ったって聞く耳持たないと思うのよ」

「だけど、うちの母親、やっちゃったんですよ」

ぽつりと言う。母親の自殺未遂のことを示しているのだ。

「本気とは思えないけど、リストカットって癖になるらしいから、僕はやっぱり心配なんですよ。我儘で自分勝手なヒトですけど、やっぱり僕にとっては、たったひとりのお袋だし……」

「そりゃ、そうよね……」

港子はため息をつく。母親の自殺のことを持ち出されたら、こちらはなすすべがないではないか。

「おたくのお母さまには、本当につらい思いをさせたと思うわ。そしてあなたにもね。何て言っていいか私にはわからない。おわびします、としか言えないわ。うちの母って、何ておバカさんなのかしら。いい年して恋愛するな、って言うつもりはないけど、いい年して恋愛するんだったら、まわりの人に迷惑かけないようにするのは鉄則だわ」

その時、泰生の唇が小さく動いた。微笑んでいるのだ。

「何かおかしい？」

「いや、港子さんって随分大人っぽい言い方するなと思って」

「あなたよりもずっと大人なんだから仕方ないでしょう」

そこにそら豆のリゾットが運ばれてきた。薄茶色の中に、ところどころ緑が顔をのぞかせているのが、いかにもおいしそうだ。

「やぁ、これってお袋の得意料理だ」

「へぇー、お母さまの。すごいじゃない。うちでこんな凝ったものをつくるなんて」

「親父がイタリア好きでしょっちゅう行ってたから、イタリアンも大好きなんですよ。あんまり家で飯《メシ》を食わない親父のために、お袋は一生懸命だったんじゃないかなぁ。イタリア料理の教室に通って、いろいろつくってましたよ」

「お父さまのこと、愛しているのね」

エキセントリックな女だと思い込んでいたが、どうもそうではないらしい。有名人の妻によくこういうタイプがいる。夫の人生に自分の人生をぴったりと重ねてしまい、尽くすことが使命となってしまうのだ。

「あの、僕のお袋の写真、見てくれませんか」

「えっ」

「港子さんに一度、僕たち家族やお袋の写真、見てほしいんですよ。そしたらもっと話がしやすいと思うんだけど」

断ろうと思ったのだが、大きな好奇心が頭をもたげた。有名建築家大月の妻で、手首を切った女。たぶん美しいに違いない。母よりも綺麗だろうか。魅力的だろうか……。

「あの、実はすぐそこに、僕は部屋を借りてるんだけど、一緒に行ってもらっていいですか。一枚だけだけど、お袋と一緒の写真が飾ってあります」

「そうねぇ……」

断るのもうぬぼれているような気がした。相手は六つも年下の男の子だ。ふつうだったら、よく知らない男の部屋などに行ったりはしない。もちろんこちらにその気がある時は別だけれども。けれども自分はずっと年上なのだ。警戒すると思われるのも、相手に有利になるような気がした。

「それなら、ちょっとだけお邪魔するわ」

「すいません。日赤通りを曲がったところですから」

デザートを早めに食べ席を立った。現金で支払いをしようとすると、

「あの、僕が誘ったんで、僕に払わせてください」

泰生が押しとどめた。

「何言ってんのよ。学生のくせして」

「学生といっても働いてますから」

しばらく争った揚句、割りカンということになった。

日赤通りに入る。意外なほど車の多いところだ。夜の十時近いというのに、タクシーが連なって走ってくる。青山への抜け道になっているのだ。郵便局の手前を左に曲がった。広尾ガーデンヒルズの緑とつながっているため、このあたりは闇が深い。並んでいるのは豪壮なマンションばかりだ。泰生はそのうちのひとつに入り、入り口のオートロックで暗証番号を押した。

「へぇー、売れっ子のモデルって、こんなすごいところに住めるんだ」

泰生はそれに答えず、エレベーターを呼び出す。5Fの番号を押した。そして開いたとたん、まだ何も言葉を発しないまま、右に曲がった。どうしてこんなに緊張しているのだろうか。さっきあんなに気軽な調子で誘ってきたのに。おかしいと思ったのは、泰生が部屋に入ったとたん、ドアをロックしたことだ。

この時、港子は確信を持った。

「ここで写真を見せてもらうわ」

仁王立ちのようになる。

「なんかここヘンだわ。本当にあなたの部屋なのかしら」

イタリア製らしい大きな陶器の傘立て、棚の上のリトグラフの前には、やはりリヤドロの猫の置き物が飾ってある。どう見ても二十四歳の男性の部屋ではなかった。

「すぐそこにあるよ」

不貞腐《ふてくさ》れたように言う。

「とにかく靴脱いであがってよ。そうしたら見せるよ」

「ここで見せてくれなければ帰るわ」

「とにかく来い」

突然強い力で引っ張られた。長身の泰生の力は思いのほか強く、ずるずると靴のまま玄関からひきずられていく。

「レイプされる!」

恐怖と怒りが港子を襲った。これがよくドラマや映画に出てくる犯される、ということなのだ。許せない。絶対に許せない。こんな男に負けてたまるか……。港子は玄関のドアに向かって、大声をあげる。

「助けてー、誰か来てー」

男の手があわてて伸びてきて口を塞がれる。が、その際に港子の左手はさっき見たリヤドロの猫の置き物をつかんでいた。それを持ち、思いきり力を込めて振る。カーンという澄んだ音と手ごたえがあった。

「いてて」

手が離れた。うずくまる泰生の頭の上に、折れた猫の片足がのっている。港子は空を飛ぶようにして玄関のドアにたどりついた。震える手でロックを解除する。やっと声が出たのはドアを開けた時だ。

「警察に言うかもね」

叫んだ。

「こんな卑怯な手を使って、あんたって最低の男よね。絶対に許さないからね」

思いきり手荒くドアを閉めた。廊下には人影ひとつない。あの声を聞いても誰も出てこようとはしないのだ。あらためて大変な危機だったのだと港子は思った。

「それでお母さんにも言わなかったんだね」

翔一が言った。笹塚駅前の中華料理屋だ。ここは一品料理がおいしく、翔一の部屋からも近い。二人の定番、といってもいい店だ。

「そうよ。もうアタマにきて、ママに言いつけてやろうかと思ったんだけど、そうしたら、あの人、どんなに悲しむかと思って」

「その男の子、かなり屈折してるっていうか、考えることが単純すぎてヘンっていうか……」

翔一はぐいとビールを飲み干す。その合い間には紹興酒も飲んで、今夜はかなりピッチが早い。

「ミナにそういうことをすれば、ミナのお母さんと彼のお父さんとの関係がめちゃくちゃになると思ってたんだろうか。考えることがまるで中学生だな。自分が犯罪者になるって考えなかったんだろうか」

「そうよ。私もあのまま交番に駆け込んでやろうと思ったんだけどさ。ま、何もされなかったし、部屋に入った私もいけなかったんだしさ」

「そうだよ。一番いけないのはミナコだ」

こちらを見る。目が据わっている。睨《にら》んでいるといってもいいくらいだ。

「何よ、そんなにおっかない顔して。イヤな感じ」

「自分の恋人が犯されそうになって、あぁ、そうですか、って言ってる男がいたらおめにかかりたいね」

作家志望の翔一は「犯される」などと古風な言い方をする。それが凶々《まがまが》しい響きになって港子に迫る。

「だいたいどうして、会ったばかりの男の部屋にのこのこ従《つ》いていったりしたんだ」

「だからさ、彼のお母さんの顔をちょっと見たかったのよ」

「馬鹿な」

翔一は吐き捨てるように言い、またビールをあおった。

「だったら近くの喫茶店かどこかで待って、写真を持ってきてもらえばよかっただろう。部屋に従いていくから、何をしてもいいんだなって、相手になめられるんだよ」

最初はこんなに嫉妬してと、少々嬉しい気分になっていたのだが、今夜の翔一はあまりにもしつこい。さっきから同じことを何度も繰り返している。

「そりゃあ、従いていった私が悪いわよ。だからすっごく怖いめに遭ったんだから、慰めてくれてもいいんじゃないの」

「慰める、なんて冗談じゃないよ。こんな馬鹿女の話、聞いているだけで不愉快だよ」

「そこまで言わなくたっていいんじゃないの」

港子は立ち上がった。

「私、もう帰るからねッ。ひとりでぐだぐだ飲んでたら」

そこへいくと、室田さんはやっぱりやさしい。詳しい話はせず、年下の男の子の部屋にものを取りに行ったところ、そこで襲われそうになったとだけ話した。

「ひどい話だけど、ミナちゃんがあまりにも魅力的だから仕方ないよ。僕もその若い男の子だったら、同じことをしたかも」

「ひどーい、そんな言い方」

「悪い、悪い、もちろん冗談だよ。もちろん僕はそんなことはしない。ひたすら口説く。どんなにミナちゃんが好きで、一度でもいいからエッチしてくださいって、ひたすら土下座する。ほら、最初の時の僕みたいにさ」

港子はくすくす笑う。だから室田さんのことが大好きだ。年上の男の余裕とやさしさとで、自分を慰めようとしてくれているのだ。

「あのさ、ミナちゃんに元気出してもらうために、二人で旅行しようか」

「本当、嬉しい」

「さ来月、仕事でパリに行くんだけど、ミナちゃんも一緒に行かない」

「パリですって」

今まで二人で、箱根の高級旅館や京都に行ったことはあるけれど海外旅行は初めてだ。

パリは今まで二回行ったことがある。一度めは大学の卒業旅行、二回目は五年前、女四人で行ったチープなヨーロッパ旅行だった。三十代になってから、好きな男、しかも金をたっぷり持った年上の男と旅するパリは、どんなに贅沢で素敵だろう。

「すごく楽しみだわ。本当に連れていってね」

電話を切った後、港子はしみじみ自分は幸せだと思う。不器用な翔一と、大人の余裕を持った室田、どちらも違う形で自分を愛し、慰めようとしてくれているのだ。この二人の男がいるから、自分はこんなに充ち足りた気分になる。狡《ずる》い、なんて少しも思わない。その時々、それぞれの男のことが本当に好きなのだもの。

5

朝の鏡の前で、港子は小さな叫び声をあげる。とんでもないものを発見したからだ。鼻の下から口角にかけて斜めにかかる線、法令線がはっきりと見えた。ひと晩でこんなものが出来るわけがない。理由はわかっている。昨夜眠りについた時に、枕におかしな形でうつぶしていたのだろう。

友人たちからも聞いたことがある。

「三十過ぎるとね、肌にも寝グセがつくのよね」

頬にとんでもない線が出来たりするというのだ。港子の法令線もその寝グセだったようで、朝食を食べ終えメイクを始めた頃にはほとんど消えかかっている。が、港子は試しにその線の上を爪でなぞってみた。線はいっきに濃くなり、鏡の前には中年女が出現した。これが十年後の自分の顔なのだろうかと、港子は目を凝らしてみる。たった一本の線で確実に老けてしまった。だからこそ、港子の勤める美容整形クリニックにはたくさんの女たちがやってきて、この皺をどうにかしてくれ、この弛《たる》みを上げてくれるか、と言うのだろう。

「私って、こんな顔のおばさんになるのね……」

港子はつぶやく。そう悪くないような気もしてくる。仕事のせいか、港子は加齢に対してそう恐怖心は持っていない。日々生きていけば年が増えていくのはあたり前のことだ。しかしそのことに怯《おび》える女たちの何と多いことだろう。肌や顔のラインに変化が起こるたびに、あわてふためいて谷院長のところにやってくる。

「ミナちゃんだって、私の年になったらわかるわよ」

と彼女たちは言うけれども本当だろうか。仕事柄、決して口には出さないけれども、その時が来ても港子はそうじたばたしないような気がする。もちろん皺や弛みが生じるのは嫌なことに違いないが、そういうことをひとつひとつ点検し、嘆くような女にはなりたくないと思う。患者たちの中には、二十四時間鏡の前にいるのではないかと思う女が何人もいる。

しかし、と港子は爪でつくった自分の人工的な皺をさらに見つめる。こういう顔をした女を室田さんはどう思うだろうか。

おとといも二人で食事をした。室田さんは港子が行ったこともないような店をいつもリザーブしてくれる。そこは赤坂のカウンター割烹だ。なんでも京都の有名店にいた料理人が開いた店らしい。かなり値段が高いようで、来ているのは年配のスーツ姿の男たちばかりだ。中にそう若くはないが、スーツ姿の綺麗な女がいる。

「銀座のクラブのママだよ。食事をした後、同伴するんだ」

室田さんがそっと教えてくれた。その店に室田さんはブルゴーニュの白を持ち込んで、港子に飲ませてくれる。若い頃は日本酒が大好きだったのに、この年になってから急にワイン一本槍《やり》になったそうだ。

「バブルの頃、金持ちのオヤジたちがいつも鮨屋にシャブリだ何だのを持ち込んでたの見て、なんて嫌味な奴だろうと思ってたけど、今、僕がまるきり同じことしてるんだからなァ」

四十六歳の室田さんは笑う。銀座で有名な生花店の四代目オーナーだ。室田さんのお店の歴史が、そのまま日本の生花の歴史になるそうで、よく雑誌に載ったりしている。生花店といっても、社員が何百人もいる会社組織だ。ホテルのアーケードを歩いていると、よく独得のマークをつけた室田さんの店を見つける。このマークが入った胡蝶蘭やバラは、日本でいちばん高い花となるのだ。

ここの若社長である室田さんは当然お金持ちで、港子に幾つかの贅沢を教えてくれた。港子の年では行けないようなレストランや和食店もそうだが、セックスのためにだけ一流のシティホテルをとってくれる。それもツインではなく、ジュニアスイートクラスの部屋だ。時間がある時は、東京の夜景を見ながら、シャンパンを飲む、などということも室田さんから教えてもらった。学生の頃も似たようなことをしてくれたボーイフレンドがいたけれど、部屋はセコいツインで、シャンパンもこっそり持ち込んだ安物だったと記憶している。

おとといも六本木ヒルズにある人気ホテルに泊まった。ここは港子がおねだりしたところだ。厚めのバスローブがとても素敵で、それを着たまま、二人でしばらくいちゃついた。

「ねぇ、私のどこが好き」

どうしてあの時、あんな質問が出たんだろう。そう、ミナちゃんは食べたいくらい可愛い、と室田さんが言ったからだ。

「うーん、全部かな」

「それでも特に好きなところを三つ述べよ」

港子はふざけて室田さんの髪をぐりぐりと押す。ちょっと白髪の目立つ固い髪だ。

「まず若くて可愛いこと。時々ヘンなことを言っておかしいこと。エッチが好きで日々上達してるとこ」

コラーと怒鳴って、港子は室田さんの胸になだれ込んだが、最初の答えははっきりと胸に残っている。

「若くて可愛いこと」
いったい若さというのは、自分の魅力の中で何パーセントを占めているのだろうか。二十パーセントか、三十パーセントか。いや、室田さんにとっては八十パーセントかもしれない。それだったら、皺が出来るような年齢になったら、自分の魅力はほとんど失くなるのだろうか。そうだ、そうに決まっている。中年の室田さんは、港子の若さが大好きなのだ。たぶんその時がきたら、自分と室田さんはつき合っていないに違いない。まぁ、それも仕方ないかな、と港子は考える。所詮、奥さんと子どものある人とのつき合いはそんなものでしょと、胸の中でつぶやく。

とはいうものの、室田さんとパリに行く話はどんどん具体的になっていく。フランスで行なわれる世界的な花の品評会に行くついでに、二人で三、四日パリで過ごそうという計画だ。
「僕はさ、いつもジョルジュサンクに泊まるんだけど、あそこは花屋として感動するよなぁ。アメリカ人のアーティスト入れて、ロビーや廊下の花がどれとってもすごいんだ。あれをミナちゃんに見せたいなぁ」

買物もいいけれど、二人で星のツアーしようよ。レストランに強い知り合いがいるから、今のうちから三ツ星と二ツ星のレストランに予約入れとこうよ。室田さんからは計画を練る、こんなメールが入るようになった。素敵な計画ばかり書かれているのだが、どういうわけか、次第に港子の心は重たくなっていく。素直にキャッと喜べない自分が、日ましに大きくなっていくのだ。

室田さんのことは大好きだ。やさしいしセックスもうまい。月に一度のデイトが、本当に待ち遠しいぐらいだ。けれどもこの楽しさというのは、月に一度だからではないだろうか。おいしいものを食べて、その後ホテルに入る。終わると次の約束をして、室田さんは港子をタクシーで家まで送ってくれる。

「今日も最高だったよ。またね。すぐメールするよ」

と、車の中で港子にささやき、ぎゅっと手を握ってくれる。あの時、港子は本当に室田さんのことが好きだと思い、泣きたいような気分になってくる。あれで充分港子は幸せだった。月に一度デイトするのと、一緒に旅行するのとではまるっきり違う。二人で旅をして何日間も共に過ごすというのは、確実に秘密を持つことだ。二人の関係が、抜きさしならぬところに行ってしまうような気がする。そこまで室田さんと深入りしたいかと自分に問うてみれば、ノーとはっきりした返事をすることが出来る。室田さんだけとつき合ってきたわけではない。翔一という恋人もいる。恋人がいるのに、どうして妻子ある人とつき合ったりするのかと問われると、またとても困るのだけれども、どちらも好きでどちらも大切だということだ。が、独身の分、翔一の方が比重が大きいのは確かで、もし室田さんとのパリ旅行を翔一が知ってしまったらと考えると、港子はとても不安になる。翔一を失う、という怖れよりも、億劫《おっくう》なことが起こるのが嫌なのだ。

友人たちからもさんざん聞かされてきた、二股をかけてきたことが知られ、男たちに罵倒されたり、泣かれたりする経験だ。ひどい男になると、女の胸ぐらをつかんだり、頬を叩いたりするらしい。まさか翔一に限って、と思うものの、案外骨っぽい男なのでどうなるかわからない。港子は修羅場、という場所に立ち会うのが本当に嫌なのだ。二人の男とうまく均衡を保ちながら、楽しくやっていきたい。そしてそれは今まで成功していた。今度のパリ旅行で、もしその均衡が崩れることがあったらどうしよう。港子はそのことを心配するようになっているのだ。

「困ったことになっちゃったよ」

室田さんが珍しく、携帯にかけてきた。

「今、ちょっといいかな」

「いいですよ。どうぞおっしゃってください」

港子は顧客からの電話のように答える。今、コラーゲン注射を打ちに来たデザイナーの女にお茶を出し、世間話をしていたところだ。失礼、と言って廊下に出た。

「パリのことなんだけどね……」

「キャンセルってこと?」

「違うよ、違う。ミナちゃんと一緒に行くためにいろいろやってるんだけどさ」

パリに行く時、室田さんはイタリア旅行も組んでいた。学生時代から親しい友人四人と北イタリアをまわり、あちらのワインを楽しもうという計画だ。この後、室田さんは皆と別れ、ひとりパリに来るはずだった。ところが仲間のひとりに愛妻家がいて、連れていきたいと言い出した。室田さんの友だちは、奥さん同士でも仲がいい。いつのまにか、

「私も行くから、あなたも行きましょうよ」

とかグループみんなの妻が行くことになったというのだ。もし室田さんの奥さんが行くことになったら、ひとりでパリに移ることなど出来るはずはない。

「絶対に女房が来ないように、いろいろ画策してるから大丈夫だとは思うけど、念のためにそういう可能性もあるってことは伝えておこうと思ってさァ」

珍しく室田さんはくどくどと言葉を続ける。

「でも絶対に大丈夫だよ、うちの女房は来られないと思うよ。だってさ、下の子の受験もあるしさ」

そういえばそんなことを聞いたことがある。末っ子の女の子が来年小学校を受けるらしい。その学校は室田さんと奥さんが卒業した有名私立小学校だ。奥さんと室田さんは三歳違っていて、同じ小学校から大学を卒業した先輩後輩なのだ。二人は同じ大学のクラブで知り合った。ゴルフの同好会だったそうだ。そしてそういう話を聞いても少しも嫉妬しなかったことを、港子はぼんやりと思い出す。

「無理しなくてもいいってば。私、パリには行ったことがあるし、また行く機会もあると思うから」

「そういうこと、言わないでくれよ」

室田さんは港子の言葉を全くの嫌味と受け取ったようだ。

「ミナちゃんとパリに行けるの、本当に楽しみにしてたんだから、冗談じゃないよ。絶対に行こうね。二人で楽しくやろう。いつもさ、ミナちゃん何も欲しがらないからさ、あっちでいろいろ買ってあげたいしさ」

「そう、どうもありがとう」

と言って港子は携帯を切った。不思議だけれども、パリ旅行がそれほど惜しいとも思わない。行ったら行ったでとても楽しいだろうけれども、もし行けなかったとしても、素直に「仕方ない」と言えそうな気がする。妻子ある男の人とつき合うということは、この「仕方ない」を幾つも重ねていくことではないだろうか。

その点母は変わっていると思う。自分も家庭を持ちながら家庭持ちの男とつき合って、最終的に「仕方ない」と考えなかったことになる。今、二人が正式に結婚を考えているというのは本当だろうか。母は相手の男を別れさせようとやっきで、そのために自分は男の息子からレイプされそうになったのだ……。

港子は考える。自分のこの男に対する恬淡《てんたん》さというのは、もしかすると母に対する反ぱつではないだろうか。

そして四日後、室田さんからの電話が再びかかってきた。携帯からではない。〇三で始まるその番号は室田さんの自宅からのものだ。家族が留守の時は、時々自宅から電話をくれることもある。携帯も自宅も、どちらも「ムー」と表示されるようになっているが。

きっとこのあいだのことを謝り、港子の機嫌をとるつもりなのだろう。もしもしと、港子は思いきり不機嫌な声で応えた。

「もしもし……」

しかし、携帯の向こうから聞こえてくる声は、港子のそれよりもはるかに不機嫌そうだ。いや、不機嫌というよりも、さまざまな感情を押し殺している声だ。低く少し鋭《とが》っている。

「もしもし、あなた唐谷港子さんよね」

直感でわかった。この女は室田さんの奥さんだ。

「私、室田の家内ですけれども、どうして私が電話をしているかおわかりでしょう」

もちろん、と港子は言いかけたが、少し不謹慎のような気がして黙った。ドラマでよくこういう場面を目にするが、まさか自分が本当に味わうとは思ってもみなかった。しかしドラマと違うところがある。女優たちは不倫の相手の妻たちに怯えきっているが、港子はそんなこともない。最初はびっくりしたけれども、すぐに落ち着いた。今の気持ちを言えば、

「まぁ、こんなこともあるだろう」

というところか。もう知られてしまったことは仕方ない。しかし修羅場だけはゴメンだ。おばさん、どうかきついことは言わないでと、港子はそれだけを思っている。

「あなた、うちの室田とパリに行くんですって」

一応、と言いかけたが、とっさに別のフレーズを口にしていた。

「いえ、その、別に決まっているわけじゃありません。もしよかったらどうぞ、って室田さんからお誘いを受けただけです」

「でもね、あなた独身のお嬢さんなんでしょう。家庭持っている男の人から海外旅行に誘われて、ホイホイついていくつもりだったのかしら」

「別にそれほど深く考えていたわけじゃありません」

本当にそうだ。妻子ある男の人とつき合う時に、深く考える女がいるだろうか。深く考えたらそんなリスクは負わないはずだ。たいていの女は、ちょっと面白そう、まぁ、好きになったみたいだし、相手が強引だしと、勢いに任せてそうなってしまうことがほとんどではないか。

「室田ったらね、私がパリにも行こうかしら、って言ったらすごくあわて出して、これはおかしいなァと思ってすぐに調べたのよ。室田ってずぼらだから、いつもの代理店に旅行の手配させているの。本当に女と一緒に行くんだったら、もっとちゃんとすればいいのに」

室田夫人の発する「女」という言葉の響きの意地悪さに、港子はぞっとする。なぜ不倫をしてはいけないか、よくわかった。こういう嫌なめに遭わないためだ。

室田夫人は極めてクールに理知的に喋ろうと努力しているようだ。ヒステリックにわめくかわりに、次々と棘《とげ》が用意されている。

「室田はね、昔から若い女の子に目がないのよ。あなたの前にもいろんなことがあったの」

「そうですか」

別に傷ついたりはしない。そんなこともあるだろうと思うだけだ。

「でも、あなたってそう若くないのね。三十歳になるんでしょう」

「そうです」

「だったら、もっと真剣にこれから先のことをちゃんと考えた方がいいと思うわよ。三十歳にもなれば、大人の分別だってちゃんとついているはずでしょう。それなのにどうして人の夫とつき合ったりなさるのかしら」

「別におつき合いしているわけじゃありません。時々おめにかかって、お食事したり、お酒を飲んだりするぐらいです」

そしてついでにセックスをする。本当にそうした仲だ。愛を誓い合ったわけでもなく、将来を約束したわけでもない。一緒にいれば楽しいから二人きりで会う。が、そんなニュアンスを、奥さんにわかってもらおうとしても無駄だろう。

「あなた、唐谷さんのお嬢さんなのね」

「えっ」

突然室田夫人が問うてきて、港子はうろたえる。

「珍しい苗字だからそうかなぁと思ったけどやっぱりね。年はかなり違うけど、おたくのお父さま知っているわ。従兄《いとこ》がね、お父さまと慶応の同期なの。学生時代、お父さまが主宰するヨットのパーティーに連れていってもらったことがあるわ。あの頃からあなたのお父さまは社交家で有名だったから。今、別の女の人と暮らしているんでしょう。そう、あなたのお母さまもいろいろおありみたいね。建築家さんとのことは、私の耳にも入ってるわ」

「両親は関係ありません」

「おおいにあるんじゃないの。親がそれぞれ愛人つくるようなふしだらなおうちだから、娘も平気でよその夫に手を出したりするの。私、唐谷って聞いた時から、さもありなん、って思ったのよ」

女はいよいよ本格的に毒を吐き出し始めた。そしてその毒は意外にもすばやく港子にまわり始めた。口惜しさと怒りとで息が出来ない。自分たち一家が、世間からどう思われているか、今思い知らされたのだ。それも自分の不倫がきっかけで。「ふしだらな一家」ですって。それならばこの女の夫ともっとセックスをして、骨抜きにしてやればよかったと港子は本気で思う。この女、許すものかと唇を嚙みしめた。

6

自分はそんなにこたえていないと、港子は自分に言い聞かせる。室田さんの奥さんに、「ふしだらな一家」と罵《ののし》られてしまったけれども、そもそも相手は不倫している相手の奥さんなのだ。こちらをよく言わないのはあたり前の話で、だからそれほど気にすることはないと、何度も何度も言い聞かせる。

しかし室田さんの奥さんの言葉で、港子は自分たちが世間からどう思われているかはっきりと知ったような気がする。昔からつき合いのある人たちばかりに囲まれていたから、嫌なめに遭ったことなど一度もない。似たような境遇の人たちは、おしゃれでお金持ちで、いろんなことにルーズだ。ママの女友だちの中でも、愛人を持っている人は何人もいる。この美容整形クリニックに通う患者で、

「彼のために綺麗になりたい」

とはっきりと口にする奥さんも、何人も目にしてきた。彼というのはもちろん夫のことでなく、愛人のことだ。

「今度の彼は若いのよ。おばあちゃんと一緒にいるって言われたくないから、うんと頑張るわ」

と言ったのは、あるオーナー企業の社長夫人だ。四十八歳の彼女は、まだ充分に美しく、院長が打つコラーゲン注射のおかげで弛みひとつない。しかし彼女が最近熱心に検討しているのは豊胸手術だ。もう垂れ始めた胸を大きく甦らせたいと、彼女は熱を込めて話す。

「私が若い頃って、おっぱいが大きいと恥ずかしい、と思ってたのよ。今みたいにおっぱいを寄せて半分ぐらい見せる時代が来たとたん、しなびて半分の大きさになっちゃったわ。彼って胸の大きい女が好きなのよ。若い女の子がビスチェ着てるでしょ。あれを見るたびにいいなぁって羨しがるの、ねぇ、どのくらい大きくなるの。裸であおむけになっている時、不自然な形になったりはしないわよね」

たぶん港子のことを信用しているのだろう。若い愛人との関係をさんざん惚《のろ》けて帰る。こんな女たちばかり見ているのだから、どうして自分たちのことを「ふしだらな一家」などと思えるだろう。

しかしよく考えてみると、両親は長年別居していてそれぞれ愛人がいる。自分もかなり年上の家庭ある男とつき合っている。こうした事実を三つ重ね合わせてみると、

「ふしだらか……」

口に出して言ってみる。舌にのせて、その嫌な響きにぞっとする。どうしようもなく冷たい。これならば「インラン」と呼ばれた方が、まだ明るさがあるようだ。

室田さんからさっそく電話がかかってきた。

「女房が電話をかけたんじゃないか」

「かかってきましたよ」

「あちゃぁ……」

受話器の向こうで舌うちする声がする。少し声が明る過ぎる。非常事態なのだ。どうしてもっと深刻になれないんだろうか。

「女房から聞いてびっくりしちゃったよ。もっと理性的な女だと思ってたんだけどね」

「充分理性的なお電話をいただきましたよ」

我ながら嫌味な言い方だと思ったが仕方ない。そもそも奥さんに自分たちのことを知られるなんて、なんて間抜けなんだろう。

このあいだ見たドラマでは、

「もう、いいかげんにして。私のこと馬鹿にしてるんじゃないの」

と女は怒鳴ることになっている。が、港子はまるっきりそんな気にはならない。怒鳴ることなく、この不愉快な気分を伝える方を選んだ。とにかく腹が立って仕方ない。そもそも港子は、妻子ある年上の男などまるで好みではなかった。友だちからそうしたアバンチュールの話を聞いて、ちょっと興味がなかったことはない。しかし大層めんどうくさそうだし、最後は別れることになっているのだから、不倫など避けて通るつもりだった。それなのに室田さんは、あれこれ手を使って、港子に接近してきたのだ。お金もたっぷり注いでくれたし、何より中年男の狡猾さは接するとユーモラスで心地よく、港子はかなりはまってしまったといってもいい。

本当の本命が現れるまで、あと二年ぐらい続けてもいいかなぁと考えていたぐらいだ。それがこの仕打ちである。港子は自分の計算の甘さにもむかむかしているのだ。室田さんとのことはいずれすっきり終了させ、いい思い出として自分の胸の中にしまっておくつもりだったのに、奥さんにバレてしまったばかりに今日の騒ぎである。

「私、もうこれっきりでいいからね」

口に出して言ってみた。

「奥さんにあんなイヤなことされて、もうこれ以上室田さんと会う気なんかまるっきりないわ」

「ちょ、ちょっと、冗談じゃないよォー」

室田さんのその声を少し大げさ過ぎるとも思った。さっきの「あちゃぁ」と同じぐらい嫌な感じだ。

「今度のことはちゃんと謝るよ。今回のパリはちょっと無理かもしれないけど、すぐにミナちゃんと一緒に行く計画立てるからさ、ね、ね、機嫌直してよ。お願いだからさ」

「機嫌を直す、直さない、っていうレベルの話じゃないと思いますけどね」

「あ、ミナちゃん、本当に怒ってる。どうしよう、ちょっと、やめてくれよ。僕、どうしていいかわかんなくなっちゃうよ」

「とにかく、切りますよ。当分かけてこないで頂戴ね」

通話のボタンを切ったとたん、また着信音が鳴った。室田さんからだが、これもまた演技過剰という感じがする。室田さんは以前からそういうところがあった。例えば港子とベッドに入る前も、必要以上に喜んでいるふりをして、港子を笑わせたりする。中年の男の人というのは、そういうことをして自分を鼓舞するのかもしれない。

いったいどうなるのかなぁと港子は考える。この後、室田さんはものすごくしつこく、いろんな努力をして自分を再び手に入れようとするんだろうか、それともこれを機に別れようとするのだろうか。口ではいろんなことを言っているけれども、室田さんが自分にそれほど激しい愛情や執着を持っているとも思えない。そして港子もそれをよしとしていなかっただろうか。

このままだったらあっさりとした別れがくるところであるが、なんだかそれはとても口惜しい。奥さんからこんな嫌な仕打ちをうけて、それでそのままサヨナラ、というのでは、とてもみじめだ。自分だけとても損をしているような気がする。しかるべき見返りがあって当然なのだ。それはお金なんだろうか、それともバーキンやフランク・ミュラーの時計なんだろうか。とにかく別れるにあたって、室田さんは何かしてくれるべきなのだ。

「そうでなきゃ絶対に許さない」

港子はつぶやく。そうしたら本当にそんな気分になった。

二週間たった。室田さんからの電話は何度かあったが、全部無視することにした。もし港子と本当によりを戻す気があるんだったら、さまざまな手段があるはずだ。本当にそんなことをされたら困るけれど、港子のマンションや職場で待ち伏せするぐらいのことをしてもいい。けれども室田さんはしようとしない。電話ぐらいで絶対に許すものかと港子は決心する。

翔一がいるのだから、室田さんと当分会わなくてもどうということはない。不思議なもので、室田さんに会わなくなったからといって、彼に使っていた時間とエネルギーが翔一のところへ行くわけでもない、彼とはいつもどおり、一週間に一度のペースで会っている。この頃彼はとても忙しい。

もう三ヶ月以上前のことになるが、翔一はある文学賞の新人賞に応募した。彼に言わせると、「東京のカフェの数ぐらいある新人賞の中で、いちばん権威ある」賞なのだそうだが、これの最終選考に彼の作品がひっかかった。結局佳作も逸したのだけれど、ひとりの編集者から電話がかかってきた。翔一には間違いなく才能と可能性がある。編集者として自分はそれを育てていきたいと言ってくれたそうだ。いずれ芥川賞を獲ってもらいたいと言われて、翔一は興奮して帰ってきた。

「ねぇ、知ってる。芥川賞なんて、昨日今日デビューした若いコがどんどん獲っていくんだぜ。だって雑誌に掲載された三十枚の短篇でOKだもの」

「へぇーそうなの」

作家志望の翔一には言っていないが、港子はあまり本を読まない。学生時代までは結構読んでいたし好きな作家もいた。しかし就職してからは、毎日の忙しさに雑誌を読むぐらいになってしまった。せいぜいが友人がうんと勧めるベストセラーを読むぐらいだ。知り合いの中には、芥川賞受賞作は必ず買って読むという者がいるが、港子にはそんな趣味もない。しかし幸いなことに、翔一がこの世でいちばん嫌いなのは文学少女だという。

「本なんて読むのも書くのもブスばっか」

などとひどいことを言う。それならばどうして作家になろうとしているのか尋ねたところ、

「自分がそうしたいから」

という返事がかえってきた。ふだんはフリーライターとして無署名の、個性などいっさい出さない文章を書いているため、そうした欲求は一層強くなっているのだろう、などと言うと、彼は血相を変えて怒るに違いない。とにかくプライドの高い男なのだ。しかしプライドの高い男というのは決して嫌いではないし、翔一の容姿も港子の好みであった。背が高く、やや神経質そうな端整な顔立ちは、小説家にぴったりだ。彼がもしデビューしたら、作品よりも外見で人気が出るのではないかと思ったりする。が、肝心の翔一の小説は、むずかし過ぎて港子にはわからない。突然主人公が動物に変身したりするのだ。ではファンタジーかと思うと、登場人物たちは非常にむずかしいことを議論し始めたりする。

よくわからないと正直に答えたところ、

「ミナは僕の恋人であって、読者じゃないから別に構わないよ」

という返事であった。

母と翔一は何度も会っている。母は翔一のことを結構気に入っているのだが、

「結婚するなら話は別よ」

と釘をさされてしまった。

「ミナちゃんは我儘だし、何だかんだ言ってもお金遣うように出来てるし、ああいうアーティストタイプのコとは、絶対に合わないと思うわ」

「だったらどんな人とは合うのよ」

「ごくあたり前の男」

とゆかりはきっぱりと言った。

「ミエっぱりで、向上心強くって、ちゃんとつまり健全な野心を持っている男ね。そういう男が、長い目で見るといちばんいいのよ」

「あら、誠実っていうと思った」

「誠実な男がいいっていうと、それだけの男しか来ないわよ」

ゆかりは何かを思い出したように、ふふと鼻で笑った。

「ミナちゃんはそういうタイプじゃないもの。いずれ誠実なんてものは飽きがくるって思うはずよ」

「そうかなぁ」

「そうよ。ミナちゃんが三十で結婚出来ないのは、私たち夫婦のせいだっていう人は多いけど、そういうもんじゃないわ。本人のパーソナリティの問題よね。ミナちゃんは中途半端だから」

「中途半端なんてひどいわ」
「本当にそうじゃないの。ロマンティックなことに憧れているかと思うと、妙に計算高い。あのフリーライターのおニイちゃんと結婚すれば貧乏な思いをするってちゃんとわかってるのよ。ミナちゃんみたいな女の子には、昔はお節介おばさんが、お見合いで結構いい男をくっつけてくれたもんよ。ちゃーんと女の方の計算高さに合った男をね。今はそういうシステムがないから本当にかわいそう。ミナちゃんみたいに、三十過ぎた行き場のない女がごろごろいるわけなのよ」

そういえば大学を卒業した年に、縁談というものがひとつあったのを思い出した。それはゆかりのお仲間のひとりから持ち込まれたもので、ある特殊機械メーカーの社長の長男というものであった。

「東証二部の代々のオーナー社長、こういうところがいちばんお金を持っているのよ」

と勧められたけれども、やーだ、お見合いなんてとすぐに断ってしまった。ゆかりが言う自分に合った男というのは、ああした男のことを言うのだろうか。

金持ちの息子というのは、さんざん見てきたけれどもそう魅力的な男はいない。あの軽さと自信がどうしようもなく鼻につくことがある。それに較べたら翔一の方がずっといい。常識的で分別くさいところと、屈折しているところとのバランスが絶妙なのだ。そこいらの若い子にはわからないかもしれないけれど、港子のように三十過ぎたぐらいの女にはかなりの確率でもてると思う。彼ははっきりと口にしたことはないが、以前は女の人と一緒に暮らしていたようだ。どちらかの部屋に泊まった時に、その片りんが見え隠れする時がある。

その翔一から、「文盛出版の村上さん」という名前を聞いたのは、つい最近のことだ。新人賞に応募した彼の作品を認め、励ましてくれている編集者だ。

「僕と同じぐらいの年だけどすごい人なんだよ。なにしろ森田《もりた》暎《えい》を世に出した人なんだからね」

その森田暎というのは、港子でも名前ぐらい知っている。二十代の女の作家で、恋人との別れと死を描いたデビュー作はちょっとしたベストセラーになり、映画化されたはずだ。純文学の若手の中では抜群の知名度を持つ。

「村上さんと飲んでたらさ、携帯に森田暎からかかってきて、延々と悩みをきいてやるのさ。本当に信頼されてるって感じだったよなぁ」

翔一の口ぶりから、村上という編集者のことをずっと男性だと思っていたのに、ひょんなことから女性と知った。別にメールを盗み見したわけではない。翔一の持っていた文盛出版の茶封筒は、所属部署と名前を書くようになっている。そこにサインペンで「文芸第二　村上明日香」という名前が記されていたからだ。

「ふーん、女なんだ」

少し嫌な気分になったのを憶えている。翔一は今までフリーライターとして、幾つかの出版社に出入りしていたのであるが、そこでのコネを使って小説を書くのをいさぎよしとしなかった。新人賞応募という、きちっとした別のルートから作家という仕事にアプローチしようとしていたのだ。だから有名出版社の社員に声をかけられたというのは、彼のその目論見が成功し、プライドが守られたということになる。翔一はこの嬉しさを恋人に喋らずにはいられない。その際注意深く、登場人物をユニセックスで扱っていたのである。いかにも物書きらしい巧みなやり方でだ。

そして村上が女だと港子が気づいてから、翔一はぴたりと彼女の話をしなくなった。

そして四日前のことだ。夜の十一時にかけた携帯が繋がらなかった。

「この電話は電波が届かないところにあるか、電源が入っていないため、かかりません……」

というテープを聞きながら、港子は確信を持った。

「女の人と一緒だわ」

仕事柄、翔一が携帯を切っておくことはまずない。重要な相手ならば、電車の中でもいったん取るぐらいだ。レストランでは音を消してテーブルの上に置いておく。そんな翔一が電源を切っておくなどとはよっぽどのことだ。

相手は誰だろう。これも村上明日香という女だろうと直感した。あれだけ心を込めて、翔一が他人のことを話したのを聞いたことがない。おばちゃんというのならともかく、翔一と同じぐらいの年というからまだ若い。相手の容姿はわからないけれども、マスコミで働いていれば、身なりもいいだろうし洗練もされているだろう。作家志望の男の心をとらえることなどわけないはずだ。

直感をさらに確実なものにするために、港子は翔一のメールを見ることにした。少しも悪いこととは思わない。翔一と自分とはれっきとした恋人同士なのだ。裏切りをチェックする権利を有しているに違いなかった。

久しぶりに翔一が泊まっていった夜、彼がぐっすり寝たのを確認し、彼のいつも持ち歩くプラダのナイロンバッグから携帯を取り出した。案外そういうことにだらしない翔一のことだ。暗証番号はおろか、消去もしていないに違いなかった。

受信メールをずっと探っていく。たいていはどうということのない仕事の連絡ばかりだ。その中に港子の探していたものは確かにあった。

「カギの置き場所、ちゃんとわかりましたか。今、虎ノ門です。なんだか私たち困ったことになりましたね」

さすがに編集者の女だと港子は感心した。短いメールの中に、そこはかとない色気と媚びが

込められている。ハートマークとか、

「昨夜はすっごく幸せでした！」

などと若いコなら書くところだろう。しかし村上明日香は違う。

「私たち困ったことになりましたね」

というフレーズに、大人の風格といおうか知性が表れているではないか。

困ったことになりましたね。こんなはずじゃなかったのに。でも人の心はもう後戻り出来ないものね……とたくさんのメッセージが詰まった簡略な言葉。

港子はゆかりの言った、

「あなたは中途半端」

という言葉を思い出した。別の意味で頷いてしまう。もう若くはない。みなが振り向くような美貌があるわけではない。そしてこの女のような知性やセンスを持っているわけでもないのだ。

「私って、いったいどうなっちゃうわけ」

つぶやいたとたん、翔一を絶対に手放したくないと思った。ひとつぐらいぎゅっとつかんでおかなきゃ、なんで女として生きていけるだろう。

7

港子は自分のことを、人の裏を読むことが出来ない人間だと思っていた。苦労知らずだとよく言われる。両親はずっと別居しているが、経済的にも恵まれ、みじめな思いをしたことは一度もない。他人の様子をずっとうかがったり、その心をあれこれ臆測したりするのは、港子が苦手とするところだ。今まで恋は何度かしてきたけれども、ごくシンプルなわかりやすいものではなかったろうか。楽しい恋愛期間を過ぎ、ちょっと違うかな、と感じ始めた港子が別れを宣言し、相手がそれを受け容れるというパターンが多かった。憎み合うこともなく、今でも電話で話す程度のつき合いが続いている者もいる。

けれども翔一の場合は違っていた。つき合いが長い、ということもあったし、相手が複雑な性格をしていることもある。それより何より、別の女が現れていくさまが、ドキュメンタリータッチでわかっていくことが大きい。

もちろん今までだって、恋人に浮気されたことはある。けれどもそれはあくまでも浮気であった。友人からの密告に、港子がひとたび問い詰めようものなら、相手は必死に弁解したり、あるいは謝罪したりしたものだ。いずれにしても主導権は港子の方にあったのである。

ところが翔一に対してはそういうことが出来ない。問い詰める時はイチかバチ、別れを覚悟しなくてはならないだろう。彼はそういうところがある。

港子は自分に問うてみる。

翔一のことをそんなに愛していたのだろうか。

神経質そうで整った顔立ちは港子の好みだったし、小説を書くところも気に入っていた。そんなことをしそうもないくせに、ベッドの上では別の顔を見せるところも、本当に好きだった。けれども身も心も奪われる、というところまではいかなかったかもしれない。それが証拠には、もう一方で室田さんという存在もいたのだから。

が、これに関して港子には言い分がある。翔一には心をすべて預けると不安になるところがあった。この男ひとりに絞ると、やがて裏切られた時にとても傷つくことになるのではないだろうか……その予感が室田さんとの関係を続けさせたのだ。そしてその予感は見事にあたったことになる。

このあいだの週末も、翔一は自分の部屋にいなかった。

「大阪に取材に行ってたんだ」

と言うけれども嘘に決まっている。携帯の電源を切っていたのだ。

港子はメールを打ってみる。

「三角関係って、私、大嫌いなの。今のままじゃ気分悪いから、はっきりさせてほしい」

しかしこれは、ついに送信のボタンを押せなかった。

「何か私に隠しているんじゃないの。でも私、翔一のことを信じているから」

これは途中で文字を打つ気が失せてしまった。ここまでみじめになって、相手の心をうかがうなんてまっぴらだ。そうかといって強気に出ることもやはり躊躇してしまう。

そうしている間に、二回の週末が過ぎ、いつものように情報が友人から届けられる。東京で下から私立育ちの女は、いろんなネットワークが網の目のように張りめぐらされているのだ。翔一はそこから逃れることが出来ない。

「ねぇ、あのフリーライターとかいう彼とは別れたの」

珍しい友だちから電話があった時は、たいていがこの手の忠告だ。

「まだぼちぼちとはつき合ってるけど」

「そうでしょう。あの翔一とかいう人、ハンサムだし、もろ港子のタイプだものね。港子って、今どき珍しく面食い一直線だから」

「そうかしら、私、自分で面食いだなんて思ったことないけど」

やや不快だ。面食いだなどと言われると、自分がまるで容貌に恵まれない女みたいな気になってくる。

「モロ面食いよ。だってね、港子のカレ、昨日、『ルスライカーナ』でごはん食べてるとこ見たけど、やっぱり目立ってたもの。相手の女がちょっとさえなかったけど、でも、彼のおかげでカッコいいカップル、っていうことにはなってたわよ」

「ふうーん、どんな人」

そう親しくもなかった友人の策にのるものかと思いつつ、港子は問うてしまった。

「黒いパンツスーツ着ててね、セミロングのあまり化粧っ気のない女。今頃あんまり見たことない、ぶっといヒールを履いてたわね」

ファッションブランドのプレスをしている彼女は、こういうところがめざとい。

「それはたぶん編集者の人よ」

そう口にしたとたん、すべてのことが確信になった。

「彼ね、今度やっと自分の本を出せることになったの。それでしょっちゅう担当編集者と会っているのよ。たぶん打ち合わせをしてたんじゃないの」

わざとのんびりした声を出すと、相手はつまらなそうに、それでも世辞を言った。

「ふうーん、すごいじゃない。いよいよ作家デビューなのね。港子、そのうちに人気作家の妻っていうことで、雑誌か何かに出るんじゃないの」

「やめてよ。そんなこと、あるわけないでしょう」

笑って受話器を置いたが、しばらく息が荒くなった。代官山の「ルスライカーナ」といえば、翔一と自分にとっては、まるでホームグラウンドのような店だ。どの料理もワインもリーズナブルなのに、落ち着いたインテリアと白いテーブルクロスが高級感をかもし出し、学生や若いサラリーマンなどが気安く入れないようにバリアを張っている。四十代のオーナーシェフは親切なうえにエコヒイキが露骨という、常連にはとても居心地のいいところだ。

翔一とつき合い始めてすぐにこの店を見つけた。男とつき合う、恋をする、ということはこうした空間をいくつもつくり出すことだろう。それなのに翔一は、二人の聖地に他の女を招き入れたことになる。

「バカにしないでよ」

口に出して言ってみる。たとえその女が、翔一が今つき合っている村上明日香でなくても、これは大変な裏切り行為なのだ。

ビジネスで食事をするのに、どうしてあの店を使わなくてはいけなかったんだろう。代官山にも青山にも、六本木にもイタリアンはいくらでもある。いや、やはり翔一の相手は村上明日香だったんだろう。フリーライターという仕事柄、翔一は収入が不安定だ。デイトの時はワリカンで、ワインは翔一が持つという取り決めになっていたけれど、

「悪い、まだ今月はギャラが入っていないんだ」

その言葉ひとつで、港子が払ったことが何度もあったはずだ。それなのに彼は、別の女を連れていった。港子は容易に想像出来る。翔一は見栄っ張りのところがある。しゃれた隠れ家のような店で、しかもオーナーが親しく声をかけてくれるところ、といったらあの店しかない。そして翔一の相手は、やはりあの村上明日香という女だろう。

問い糾《ただ》すことは簡単だった。けれども港子はそれが出来ない。理由はわかっている。翔一と争って結論を出されるのが嫌なのだ。結論というのは、翔一から別れを言いわたされることだ。自分でも本当に不思議だと思うけれども、港子は翔一が相手の女を選ぶような気がして仕方ない。それは彼女が編集者だからだ。本を愛し、小説家になることを熱望している翔一。その夢をかなえる力を持っていて、今、翔一と併走している女にとてもかなうはずはない。そして、もし戦いを挑むならば、港子は負けることになるだろう。初めての敗北。港子は生まれて初めて「フラれる」ということを経験することになる。室田さんとのこともまだはっきりしないけれども、あれとはケースがまるで違うだろう。一応室田さんは、未練があるふりをするという

礼儀を尽くしてくれそうだ。けれども翔一は、冷酷にきっぱりと別れを宣言するに違いない。

港子はそのことを考えるとぞっとしてしまう。友人たちの話を聞くと、ライバルが現れた時は、泣いたり懇願したり、あらゆる手を使うようだ。中には「自殺してやる」と脅かす手段をとる者さえいる。港子はそうしたことが本当にめんどうくさい。執着を見せ、相手に弱みを握らせることで、さんざん傷つくことになるのだ。自分は絶対にそんなことをしたくないと心から思う。それならばいったいどうしたらいいのだと問われると、港子は答えが出ないだろう。こんな風にして、時間はずるずるとたってしまっている。翔一から何の連絡もない。


こんな時、室田さんがいてくれたらと、港子は懐かしく思うようになった。室田さんとデイトをして、贅沢な食事と優雅な名前がついたワインを楽しむ。そしてシティホテルの部屋で、ふざけ合いながらベッドにもつれ込む。

港子はつくづく考える。室田さんがいてくれたおかげで、自分は存分に翔一を愛することが出来たのだと。恋する女が貞淑だ、というのは男たちの幻想に過ぎない。その男をあまりにも愛してしまうことに女は不安になる。とことん心を許して傷つくことが怖い。心が重く沈む前に、どこか空気孔をつくっておかなければならない。それが港子の場合は室田さんだったのだ。

港子のような考え方の女は多く、まわりを見わたしても、恋人を複数持っている友人は何人もいる。いずれはひとりに絞ろうと思っているうちに、ずるずると続いてしまった。そして今ではその快適さに満足している。そういう女たちの狡猾さを港子は決して悪いことだと思わない。自分たちは本当に傷つきやすいのだ。だから多少のズルをしても仕方ないではないか。けれども最近になって、神さまは港子に罰をお与えになったようだ。室田さんからは連絡が途絶えたし、翔一も今、自分から離れようとしている。今、港子が願うことは、傷が浅いまま、うまくことが終わって欲しいということだ。翔一と元に戻るにしても、別れるにしても、修羅場ということなしに時が解決して欲しい……。

しかし神さまは、港子のこのけなげな、といってもいい願いを聞いてはくださらなかった。港子はまさしく修羅場を演じてしまうことになるのだ。

その夜は翔一と会うことになっていた。ややこしい仕事がやっと一段落したから、ゆっくりと会えるというメールが入ったのだ。いつもの「ルスライカーナ」というのを港子が拒否した。情報がもたらされたばかりの生々しい場所にどうして行けるだろう。港子も見栄っ張りだ。オーナーシェフの前で、間抜けな女という役まわりを演じたくはなかった。それで行くことにしたのは南麻布の和食屋だ。和食屋というよりも高級居酒屋といった方がいい店だけれども、料理がどれも気がきいている。港子の好きなワインも、翔一の好きな焼酎も、どっさり種類が揃っていた。ところが前日になって、翔一からキャンセルのメールがあった。この頃彼は、直接電話することを避けていつもメールだ。

「本当にゴメン。ものすごい量の書き直しをしなきゃならなくなった。校了直前なんで、編集部で徹夜だ。申しわけない」

　かなりの疑いは生じたものの、港子は見逃すことにした。港子の方もかなり疲れていたからだ。ボトックスとコラーゲンを射《う》ち続けていたデザイナーの前原由香子が、ついにメスを入れることになった。

「もう小さな手入れだけじゃ間に合わなくなった。もうすぐどっと土砂崩れが起こるよ」

という院長のアドバイスに従うことになったのだ。けれども手術の日を決めてから、彼女は急に不安になった。毎日のように電話を寄こす。

「表情が失《な》くなる、って聞いたんだけど本当かしら」

「ねぇ、腫れがひくのに一週間かかるっていうけれど、私、その合い間にパリに行かなきゃならないのよ、いったいどうしたらいいのよ」

　対応はすべて港子に任されることになった。

「そんなに不安があるようでしたら、手術の日を少し延期なさったらいかがですか。一度院長がゆっくり時間をとって、もう一度説明いたします。それからでも遅くないと思いますよ」

ところがその言い方が気にくわないと、由香子は怒り出したのだ。自分がせっかくその気になっているのだから、励まして背を押して欲しかった。それなのにそのシラけた言い方はないだろう、と言うのだ。最後は院長にいろいろ告げ口をしたらしく、港子はきつい言葉で注意された。自分ではこれ以上ないほど妥当な言葉を使ったつもりであるが、不安を抱える患者に思いやりがないというのだ。

「じゃ、いったいどうすればいいのよ」

こんな気持ちを翔一はうまく分析してくれる。皮肉屋の彼は、最後には面白いジョークに仕立てることも得意だ。それなのにデイトはキャンセルになってしまったのだ。

深く考えるのはよそうと港子は心に決める。あの女と急に会うことになったのだ、と思うことは、自分を冷たく暗い場所に追い込むだけだ。こういう時は気のおけない女友だちとおいしいものを食べるに限る。

港子は由里を誘って、富ヶ谷のそば屋に行くことにした。由里は附属の小学校からのつき合いだ。ずっと客室乗務員をしていたのであるが、最近会社を辞めて公認会計士の学校に通い出した。彼女によると、

「三十の大台にのってから、若いコに負けまいと合コンで張り切る自分にすっかり疲れてしまった」

そうだ。いずれ父親の仕事を継ごうと、生まれて初めて勉強に精出しているという話は、聞いていてなかなか楽しかった。

「私は、いずれ結婚するんだから、っていう言葉を、自分の脳味噌からすっぱり消したのよ」

由里は日本酒を二杯飲み、つまみの板わさと、ソバ粉のコロッケをいっきにたいらげた。客室乗務員を辞めてから三キロ体重が増えたというのもわかる気がする。

「いずれ、いずれと思ってると、今の自分の立ち位置がはっきりしなくなっちゃうもの」

「あら、いいこと言うじゃない」

「港子だってさ、いつまでも美容整形医の受付やってたって仕方ないと思うよ」

「受付じゃないけど」

「ま、どっちでもいいのよ。私たちさ、子どもの時から、キャリアウーマンになるようには育てられてなかったから、どこかでギアチェンジしないとね」

「今さらね」

由里は変わったと思う。お嬢さま学校というところで、いちばんその恩恵を受けるような日々をおくっていたのは彼女ではなかったか。高校の時から合コンに精を出して、いつもちやほやしてくれる男をまわりに置いていた。客室乗務員になった時は、いかにも由里らしいとみんなが言ったし、いい男をつかまえてすぐに結婚するだろうと誰もが思っていた。ところが三十過ぎてから、突然学校に通い出したのだ。

「由里の場合は突然変異起こしたけど、私はなんだかこのまま、ぐーたら生きていくような気がする」

「でもね、港子の場合はちょっと男の趣味が変わってるから。作家志望のフリーライターが彼でしょう。今どきそんなの聞いたことがないわよ。変わった趣味持ったからには、ヒモになられるのを覚悟で、自分がちょっと頑張らなきゃね」

そんな話をしているうちに、港子の心は次第に軽くなってくる。自分が悩んでいる恋も、世間から見ると所詮《しょせん》こんなものだ。港子はそのまま由里とタクシーに乗り、神宮前の交差点へ向かった。子どもの街のようにいわれる原宿だが、裏通りには大人の店がいくつかある。初老のバーテンダーと息子がやっている古いバーは、キャットストリートに面した雑居ビルの地下だ。

由里の姿を見るなり、三十代後半の息子が不自然なほど急いで近寄ってきた。

「お久しぶりィ」

港子が笑いかけた時、彼は困惑したように軽く頷いた。口角がかすかに上がる微笑だ。その時に気づけばよかったのに、港子はまだ目が慣れていなかった。カウンターには、二組のカップルが座っている……と思った時に、由里が港子のジャケットを軽くひっぱった。

「ちょっとォ、マズいかも……」

カウンターのこちら側のカップルの陰になっていて、港子の位置からは半分隠れている。しかしその向こうに座っているのは翔一だった。かすかな猫背も、綺麗な形の後頭部もよく見知ったものなのに、どうして瞬間気づかなかったのだろう。彼は女と一緒だ。女は翔一よりも、もっと背を丸めた座り方をしている。いろんなことに無造作な女の座り方だ。ふつう男と一緒にバーのカウンターに座っていたら、女はどんなことがあっても背筋のポジションを死守するはずなのに、翔一の連れはそうしない。こちらを見た。翔一とほぼ同時だ。

「ブスじゃん」

心の中で叫んでいた。この女が村上明日香だ。直感でわかる。しかし編集者という仕事から想像するような、おしゃれな洗練された女でもなかった。〝もっさり〟という言葉がいちばんぴったりする。化粧っ気のない丸顔に、中途半端なセミロングだ。こんなバーに来る資格もないほど、野暮ったい女。この女をどうして連れてきたのか。翔一はこの女と寝たのか。そう、大切なのはそのことだ。翔一は本当に、本当に……。

「ブスじゃないの」

まるで魔法にかかったように、心の中でつぶやいたはずの声が口から飛び出した。それもかなり大きくだ。

「こんなブスな女と……」

港子ははっきりと言った。

8

人が三十年も生きていると、時々は魔に魅入られたような時に遭遇することがある。

「どうしてあんなことをしてしまったのだろう」

と反省したり、自己嫌悪に陥るのは、まだ軽度の方ではないだろうか。その時の記憶が甦るたびに、心臓が大きく波うち、息が荒くなるのがわかる。自分のしたことに呆然としてしまうのである。

大学二年生の時に、前から言い寄られていたサークルの先輩とホテルに行ったことがある。白ぽちゃ、ポロのネックからはチェーンが見えるという大嫌いなタイプであった。それどころか、彼の自分に対する執着や熱意を、よくジョークのネタにしていたぐらいだ。友人たちもよく、

「ミナの彼がさぁー」

などと言ってからかっていた。それが酔ったはずみで、そういうことをしてしまったのである。しかも、どういう心の動きかわからないのであるが、ベッドの傍《そば》でやや正気を取り戻した港子は、この場を打開するにはうんと大胆にふるまうしかないと決意したのである。相手に対しても、自分に対しても深い嫌悪を持たない方法はただひとつ。いつもはしない、うんとうんと奔放なことをするしかない。セックスだけの記憶がうんと強ければ、他のことは薄れてしまうのではないか……と思ったのだ。

遊び人の友人が、それより前、大嫌いなブ男とするというのも結構いいものだと話していたのも、頭のどこかにあったのかもしれない。彼女が言うには、ほとんどマゾの気分でするセックスは、意外にもかなりのものだったそうだ。しかし港子の場合はそんなこともなく、やりたくもない筋肉トレーニングとストレッチを二時間やらされたような疲労が残っただけだ。けれども相手の男は、すっかり有頂天になり、港子に対して恋人然としてふるまうのにはまいってしまった。彼は吹聴したりはしなかったが、何人かが気づくところとなった。おかげでサークルからすっかり足が遠去かってしまったほどだ。

魔に魅入られたことは、もう一度ある。そう昔のことではない。二年前のことだ。院長のお伴で、食事会に行った。東京の金持ちたちが、飛びきりのワインを飲む会だ。そこである大病院の理事長に会った。どうということもなくメールアドレスを交換したのであるが、すぐに次の日に連絡があった。代官山に、週たった三日だけ営業しているレストランがある。そこに行かないかというのだ。

相手は五十四歳のおじさんだし、院長の友人だ。まさかと思っていたのにすぐに口説いてきた。そして驚いたことに、港子はあっさりとそれに応じてしまったのだ。五十代の男の人は、ベッドの上でどんな風なんだろうという好奇心がちらっと頭をかすめたのが、何かを失わせた原因だと思う。

とにかく人生というものは、後で「あちゃー」と叫びたくなるようなことがよく起こる。それも自分の意志に反して、ということを港子は知っている。

が、そのいずれもセックスがらみのことであった。女というのは、男の人と寝ることに対して、時々突拍子もないことをするらしい。しかし、今の場面はどういったらいいだろう。

いつもの馴染みのバーで、恋人が別の女といるところを見てしまった。女友だちとか、仕事関係の女性とは全く思えない。なぜならば港子は、既に幾つかの証拠をつかんでいるからである。

「ブスじゃないの」

心の中でつぶやいたつもりなのに、港子ははっきりと大きく発音したらしい。

「ちょっと、ちょっと」

隣に立っている由里が、あわてて腕をつかんだけれども、それを振り払った。

「だって本当にブスなんだもの。仕方ないじゃないの。こんなつまらない女と会っているとは思わなかった」

よく気絶する直前、まわりの風景が白々として見えるというが、店の空気が一変したのがわかった。ジャズが低く流れていたはずなのに、一瞬にして止まったような気がした。カウンターに座っていたカップルが、体をねじ曲げてこちらを見ているのがわかる。それははっきりと気味悪いほどクリアに見えるのに、翔一と連れの女がぼやけて見えるのはどういうことなんだろうか。

しかしそのぼやけたものが近づいてきた。翔一だ。見憶えのある白いチノパン。これを穿く姿を朝陽の中で見たのは、つい最近のことではなかったか。

「おい、どうしたんだよ」

怒気を含んだ声だ。顔が近づいてくる。そして彼の頬がこわばっているのがわかる。とても老けて見える。怒りのためにこんな顔になっているのだ。いったい誰のために。隣に座っている女を庇《かば》おうとしているのだ。港子のためではない。

他の女を庇い、自分に怒っている。恋人の自分に。こんな理不尽なことがあるだろうか。この理不尽さに対抗するために、自分はどんなことをしてもいいような気がした。

「いったいどうしたんだよ、お前。酔っぱらってんじゃないか」

翔一は睨む。本当に憎しみに充ちた目だ。自分はこの男から、これほど憎まれることをしたんだろうか……。

「酔っぱらってなんかいないわよ。あなたがこんなブスなつまんない女といちゃついてるのを見たら、情けなくって、自分にすごく腹が立ってきたわけ」

「ブス……だなんて、全く初対面の人にそんなこと言って、失礼だとは思わないのか」

「仕方ないでしょ。すごく驚いたのよ。あなたがこんなレベルの女に入れ揚げてるのかって、本当にびっくりしちゃったの」

その時、カウンターの白いものが動いた。翔一の連れの女が立ち上がり、こちらに向かってきた。

「失礼」

女は言った。低く落ち着いた声だ。近くで見ると、本当に平べったい顔をしている。小さな目が離れてついているので、ますます田舎くさい印象だ。こんなもの、整形しなくっても、もうちょっとメイクで誤魔化せるではないかと、港子は腹立たしくなる。

「何かトラブルが起こったみたいなんで、私、失礼するわ」

「すいません、気分悪くさせて」

翔一が言いかけると、女は「本当」と鋭く発した。

「知らない女の人が飛び込んできて、これだけブス、ブスって叫ばれたら、誰だって気分悪くなるわ」

港子は黙る。別に反省したわけではないが、女の言葉でやや冷静さを取り戻したのかもしれない。

「港子さん、でしょう」

「ええ」

女、たぶん村上明日香と思われる女と港子ははっきりと向かい合った。

「確か美容整形クリニックにお勤めなのよね。女の人を綺麗かどうかということでしか判断しないとこ。そこにお勤めだから、今みたいに非常識なことが言えるのね」

その後、明日香はつぶやいた。

「本当に可哀想な人」

階段へと向かう。そして信じられないことが起こった。翔一が彼女の後を追ったのだ。行きしなに、彼は港子をもう一度睨んだ。

「お前の今のこと、絶対に許さないからな」

しばらく港子はそこにたたずんでいたらしい。

「もう、行こうよ」

由里の手が肘をつかんだ。

「かなりマズかったんじゃないの。港子らしくないわよ。知らん顔して店を出ればよかったんじゃないの」

本当にそのとおりだ。しかし仕方ない。今、港子は「魔に魅入られてしまった」のだから。

このところ、ひどい言葉ばかりぶつけられていると思った。室田さんの奥さんから、「ふしだらな一家」と怒鳴られたのも最近のことだ。けれどもおとといの「可哀想な人」というのもかなりこたえた。村上明日香によると、美容整形クリニックに勤めているから、特殊な価値観を持つ、失礼な女、ということになるらしい。

それにしても自分はどうして「ブス」などと口にしたのだろうか。クリニックでふだん会っている女たち、年による弛みや皺を世にも厭《いと》わしいものと思っている女たちを、いつも港子は心の中で軽蔑していなかったか。年をとるという不幸を、手術と引き替えにはねつけようとしている女たちを、どこか憐れんでいなかったか。アンチエイジングを売り物にしている院長は、若い子の手術をあまりやりたがらない。

「ブスの子をいじくりまわしても無駄」

とこっそりと言う。生まれつき美しくない者は、最初からそのようなバランスになっている。なまじ手を入れても不自然になるというのだ。そこへいくと、美しい女の年とった崩れというのは本人もこちらも直す義務がある。公園の花園の垣根が崩れたら、すぐに直さなくてはならないのと一緒だからだ。そんな院長の口から漏れる「ブス」という言葉を、港子は嫌悪を持って聞かなかっただろうか。それなのに自分は、あの院長よりももっと大胆なことを口にした。いくら嫉妬にかられたとはいえ、初対面の女に向かって「ブス」と言ったのである。港子の受けた教育や社会では、そうしたことは実にみっともない行為とされる。「ブス」などという言葉は、女同士の陰口の時に限られていたではないか。それなのに港子は口走ってしまった。もう取り返しのつかないことをしてしまった、という思いは、日増しに大きくなっているのである。

「本当のことを言って何が悪いの」

居直ろうとする心がもう一方であるけれども、そんなことがどんなに下品かということはすぐにわかる。つまり港子は、いちばん苦手な、いちばんしたくなかった後悔という強く苦いものに支配され始めていた。

あれ以来、翔一からの連絡はない。港子も、メールや電話をさし控えている。こちらから動くのは得策ではない。しかし許せないのは、室田さんも知らん顔をしていることだ。翔一の方はこちらに非があるとして、あきらかに悪いのは室田さんの方だ。あちらが港子に対して大層失礼なことをし、きまりが悪くなっているのである。それなのに一ヶ月もたつというのに、謝罪の言葉ひとつない。別れるなら別れるでセレモニーのひとつがあってもいいではないか。

「これって、今、私には誰もいなくなっちゃったってこと」

港子は口に出して言ってみて愕然とする。レギュラーの恋人と、金持ちの妻子持ちの男。この二人の男によって、自分の心の均衡は保たれ、結構満足する日々をおくることが出来ていた。そうはっきりとは人に言わなかったけれども、ちょっとおしゃれな三角関係だと自負していたところもある。いずれ本命の結婚相手が現れるだろう。それまではこのバランスで関係を続けるつもりだった。それなのに、ある日突然、港子は二つとも失くしてしまったのである。

「でも、ちょっとの間だけかもしれない」

港子はひとりごちた。室田さんはいずれ、すぐにうまいことを口にしながらすり寄ってくるだろう。ミナちゃんには、本当にイヤな思いをさせて悪かったねぇ。女房をこってり叱っておいたから、もうミナちゃんにあんな思いをさせないよ。パリのことは悪かった。その代わり近いうちにイタリアに行こうよ。今度の見本市はミラノだからさ、絶対にミナちゃんを連れていきたいんだ……。

そんなことは嘘だとわかっているけれども、少しずつ港子は機嫌を直す。だけどそんなさまをすぐには見せない。すると室田さんは、涙ぐましいほどいろんなことをして、港子を笑わせようとするのだ。あの時の気分は決して嫌いじゃない。もう二、三回は味わって、そして本当の別れにするつもりだった。それなのに室田さんは知らん顔をしている。

「いったい、どうなるの」

翔一とのことはかなり時間がかかるはずだ。プライドが高く偏屈なところがある男だから、港子から謝ってくれるのを待っているのだろう。が、いくら反省しつつあるといっても、港子はそんなことをする気はまるでない。元はといえば、翔一がすべての原因なのだから、あちらが言いわけをしたり、ひたすら頭を下げたら少しは聞いてもいいと思うが、そうでない限り港子が行動を起こすわけがないではないか。

しかしそうして意地を張っているうちに、時間は刻々とたとうとしている。

「私、本当に誰もいなくなったんだ……」

自分はそんなに魅力がない女なんだろうか。あんなブス（胸の内ではいくらでも言うことにする）と秤にかけられて、あちらの方にいかれるレベルの女なのだろうか……。

親しい女友だちに相談してもいいのであるが、

「二股をかけている方がいけない」

と逆に説教されそうだ。既に結婚している彼女たちに言わせると、三十歳を過ぎて不倫をしたり、フリーターまがいの男とつき合う港子はあまり賢くないということだ。どうせ言われることはわかっているので、港子は誰にもこのあらましを伝えられない。するとますます腹が立ってくる。

口角の下がった皺に、コラーゲンを入れる患者を診察室に見送った後、港子は鏡を眺める。そこにやはり唇の下がった女が立っていた。暗い表情の女は、顔の筋肉全体が下がっていく……というのは院長の著書の一節だ。本当にそうらしいと、港子はため息をつく。こうなったら社員割引で、安くコラーゲンやボツリヌス菌を注射してもらうしかないかもしれない。

その日はこれといった患者もなく、港子は定刻の七時にクリニックを出た。エルメスの綿のコートを羽織る。母がおととし買って、飽きてしまったものを持ってきたのだ。看護師たちが自分の着ているもののラベルを見て、あれこれ言っているのは知っているけれども仕方ない。母から譲られたものが多くて、ゆかりは昔から筋金入りのブランド好きだ。

プラチナ通りに出て、あたりを見渡す。初秋から本格的な秋へと移ろうとしている街は、とばりを下ろしているものの、昼よりも華やぎを増したぐらいだ。静かな住宅地として知られる白金も、最近はめっきり店が増え、評判のイタリアンの前はパーティーが始まるのか、若い人たちが小さく群れている。どうしようかな、と港子は考える。恋人がいなくなった今、夜をどう過ごしていいのかわからない。今までは何もスケジュールが入っていない夜を貴重に思えていたのに、ひとりになってみると唐突にたっぷりとしたものを手渡されたような気がする。どう歯を立てていいのかわからない、大きな固い果実。その時港子は、自分の目の前に大きな影が立ち塞がったのを見た。呆れるぐらい背が高い男。さんざん傷めつけられたような革ジャンに、これまた擦り切れたデニム。こんなに脚の長い男はモデルに決まっていると思い、目を上げた。そのとおりだった。大月泰生が拗ねたような表情を浮かべこちらを見ている。

「ちょっと、あなた」

思わず大きな声を上げる。

「私の前に現れていったいどういうつもりなのッ」

「ちょっと待ってくださいよ」

「大声上げるわよ、警察呼ぶわよ」

通りかかったカップルが二人を振り返って見る。ちょっとした痴話喧嘩だと思っているようだ。

「警察呼ばれたくなかったら、とっとと消えなさいよ」

背を向けて歩き出した。けれども今日に限って、ヒールの高い、きゃしゃな靴を履いてきた。

映画のシーンのようにさっさと去りたいのであるがどうもうまくいかない。泰生が後ろからついてくる。彼の一歩は、港子の三歩に匹敵するようだ。

「あの、港子さん」

「狎れ狎れしく呼ばないでッ。唐谷さんって呼びなさいよ」

「唐谷さん、僕の話を聞いてくださいよ」

「あなたみたいな強姦魔の話を、どうして聞いてあげなきゃいけないの」

「強姦魔だなんて、そんな……」

「だってそうでしょう」

とどめをさしてやろうと、港子はぐるっと後ろを向く。

「あのね、あの後、本当に警察に行こうかと思ったのよ。もし私がそんなことしたら、あなた、一生がだいなしだったでしょう。有難く思ったらとっとと行ってよ」

「本当にすいませんでした」

頭を下げる。そのしぐさを一瞬愛らしいと思い、とんでもないと港子はあわててさらにきつい声を出す。

「すいません、ですむ話じゃないわよッ。あなたね、犯罪を犯そうとしたのよ。ハ、ン、ザ、イ。牢屋に入れられるようなことをね」

「だから、ちゃんと謝るチャンス与えてくださいよ」

「チャンスって何なのよ。謝りたきゃ謝ればいいじゃないの」

信じられないようなことが起こった。泰生はすばやく長いデニムの脚を折ったのだ。そして崩れ落ちるようにその場に座る。久しく港子が実物を見たことがない土下座というものであった。彼は座ってからはゆっくりとしたしぐさで、両の手をアスファルトにつく。

「申しわけありませんでした。どうかお許しください」

何だ、何だよー、とサラリーマンの二人連れが近寄ってきた。

「テレビのロケかよー」

泰生の格好のよさからそう判断したらしい。

「ちょっとォ、人が寄ってくるわよ。ちゃんと立ってよ」

「あの、ゆっくりと謝らせてくれませんか」

「わかった、わかったわよ。だから早く立ってよ」

職場のすぐ近くで、こんなことをやられてはたまらない。

「今から食事してくれますか。そして謝らせてください」

「わかったわよ。だけど人がいっぱいいるところにしてよ。また何をされるかわからないから」

港子は言った。母の愛人の息子で、しかも自分を襲おうとした若い男。その男と一緒に食事をしようなどと考えるとは、やはりそれも魔に魅入られた時間であった。

9

白金の裏道を一本入ると、あたりに不釣り合いな明るいビルがある。出現した、といっていいほどの明るさだ。マンションの下層に何軒かのレストランやバー、ブティックが入っている。

「ここでいいですか」

泰生はいちばん右側のレストランの扉を押した。店の名前からしてどうやらイタリアンらしい。

「店長が僕の友だちなんですよ」

ふふんと港子は笑った。

「ギョーカイの人って、必ずそう言うのよね、店長が友だちだって。そうじゃない人のところに行くのはプライドが許さないみたい」

泰生は港子の嫌味に答えない。無視しているのでなく、どうやって答えていいのかわからないようだ。

扉を押して中に入る。思っていたよりもずっと広かった。イタリアンというよりも、ワインバーといった方がいいかもしれない店だ。ガラス越しの膨大な量のワインセラーがインテリアになっていて、その前のカウンターに、二組のカップルが座っていた。

泰生は白シャツ姿のウエイターに、常連らしいぞんざいさで、「空いてる?」と尋ねた。若い男は、これまた従業員とは思えぬほど狎れ狎れしい笑顔で、「空いてますよ」と答えた。二人は奥のワインセラーの傍、いちばん奥まった席へと案内される。港子はさっきから女たちの目が気になって仕方ない。傍に恋人らしき男と座っているというのに、店の女たちはちらちらと泰生に視線を走らせてくるのだ。そして次に視線の先は港子へと移る。タレントでも女優でもない、しかもあきらかに年上の女が、どうしてこんな若く美しい男と一緒にいるのだと、その視線の粘っこさは語っている。全く泰生のような男といるのは、なんと気を遣うことだろうかと港子は思った。こういう視線に耐えられるのは、たぶん例のタレントぐらいだろう。

二人がテーブルに着くやいなや、三十がらみの男がやってきた。ジャケットを着ている。どうやら彼が〝友だち〟の店長らしい。

「やぁ、久しぶりだね」

セラミックでもかぶせているのか、歯が不自然に白いと、港子はつい目がいってしまう。

「あぁ、うん、今、学校が何だかんだって忙しくって」

「でもこのあいだ、雑誌で見たよ。えーと、創刊されたばっかりのやつ」

「あぁ、あれ、スタイリストのシュンちゃんに頼まれてちょっと出ただけ」

「カメラはヒロシさんだろ。さすがだったよな」

男たちは港子を無視して会話を始めた。たぶんいつもこうなんだろう。泰生が連れてくる、若くとびきり美しい女たち。彼女たちはみんな名前と顔が知られている。だから店の者たちはいつもこんな風に、女が座っていないかのように振舞うに違いない。しかし泰生は途中で店長を遮った。

「こちら、唐谷港子さん」

「こんばんは」

「よくいらっしゃいました」

当然のことであるが、彼の目は女客たちよりもずっと温かい。詮索もなく、不審な色もなかった。

「さて……お腹空いてるのかな」

「港子さんはどうですか」

「すっごく空いてるわ。ぺこぺこよ」

口にしてからしまったと思う。自分をレイプしようとした男が、さっき土下座してわびを入れた。そしてどうしても少し話を聞いて欲しいということで、ここに連れてこられたのだ。それなのに港子は、すっかり店と泰生の雰囲気に呑まれてしまい、まるでデイトをしている最中のように、お腹が空いた、などと元気よく答えてしまったのだ。

「でも、そんなにいらないけれど……」

「じゃ、何か前菜をみつくろって。それから白の辛口をお願い」

「わかりました。今日は白トリュフが入ったから、パスタはそれにしましょう」

店長が去った後、港子はあたりを見わたす。

「学生のくせに、随分贅沢なところに来てるのね」

「ここはそんなに高くないですよ。僕は学生といっても働いてるし、それにこの店、僕には学生割引なんです」

さっきの店長はモデルクラブの先輩だという。結婚して子どもが出来たのを機に引退し、かねてから計画していたレストラン経営に乗り出すことになった。何年か先の開店に向けて、しばらくここで店長をしているのだそうだ。

「それでなかなかのハンサムだと思ったわ。背も高いし、歯も綺麗だわ。まだまだモデルとしていけるんじゃないの」

「なんでも結婚する時の、奥さんの実家の条件だったそうです。男が顔やスタイルで生きていくような商売はやめてくれって」

「へんなの。今どきそんなことを言うなんて。女なんて幾つになっても、顔やスタイルで商売してる人、いっぱいいるじゃないの」

「たぶん田舎の人だからじゃないですか」

「あなたはいいわね。モデルは単なるアルバイトってことで逃げられるものね。本分は大学院生です、って言えばいいんだもの」

「そうですね。確かにずるいところはありますね。だけど現場は決して甘いもんじゃない。仕事の時は結構マジでやってます」

そこへ店長がワインを持ってやってきて、なかなか楽しい講釈をしながらイタリアンワインを開けた。それを静かに泰生はテイスティングする。なかなか慣れた手つきだ。だからじっくりと彼を観察することが出来た。

「どうしてこんなに、綺麗なプロフィルをしてるんだろう……」

鼻の先と顎の先端を結ぶ線をEラインと呼び、この線の中に唇がおさまるのが理想とされる。が、日本人でこの線が出来る者はめったにいない。美容整形をする女たちの何人かは、このE

ラインに固執するあまり、不自然な顎の線をつくり出してしまう。テレビで見る女優の何人かは顎が尖って前に出ているから、「いじった」とすぐにわかってしまうほどだ。

泰生は鼻の高さに比べ、顎が外国人のように前に出ていない。けれども顎に肉が全くついていない分、シャープな線で自然なラインをつくっている。彼の父親に一度会ったことがあるが、そうすごい美男子とは思えなかった。ということは、泰生のこの美貌は母親から受け継いでいるのだろうと、港子はやっと自分がここに座っている理由にいきあたった。

「ここでのんびりワインを飲んでる場合じゃないわ」

港子はグラスを置いた。うまそうな生ハムが運ばれてきたがそれは見ないことにする。

「さぁ、あなたの話を聞こうじゃないの」

泰生がこちらを見る。目がからみ合う。美しい男が悲しげに目を伏せる。唇を噛みしめている。美しい男というのは、肌も女のように綺麗だ。充分陽灼けしているというものの、肌理《きめ》が細かくなめらかに輝いている。唇がさらに強く噛まれるが、決してこんなものに騙されるまいと港子は決心する。

「本当にすいませんでした」

噛みしめていた唇がゆっくりと開き、そこから言葉が漏れた。

「本当にあの時、僕はどうかしていたんですよ。どうしてあんなことをしたのかわからない。

本当にすいませんでした」

「ちょっとさぁ」

港子は男を思いきり睨みつける。美容整形クリニックに勤めている身が、男の外見に心を揺らしてどうするのだと自分を叱りつけている。

「すみませんですめば、警察いらないのよ。ありきたりの言葉だけど、あなたにぶつけてやりたいわね」

「すみません……」

「それにね、よく考えなさいよ。あなたはとっても悪質よ。どうしてあんなことをしたのかわからないって言ってるけど、あの部屋を借りたのって、すごく計画的じゃないの。写真を見せたい、とか言って誘い込んだけど、部屋は豪華だし、インテリアはオヤジ趣味、よその部屋を借りたってすぐにわかったわ。立派な計画的犯行ってやつよね。こういうのって、警察へ行った場合も、すっごく罪が重くなるんじゃないかしら」

「そうですね。おっしゃるとおりです」

泰生は静かに頭を下げた。外見とは似合わない礼儀正しさに港子は戸惑う。彼の母親が息子に伝えたものは美貌だけではないらしい。

「あの時の僕は、かなり頭がおかしくなっていたとしか言いようがないんですよ。お袋を苦しめている女性がいる。どうやらその人と親父は結婚するらしい。なんとかそれをぶっ壊す方法はないもんだろうかって、幼稚なことを考えたんです」

「幼稚なことじゃありません。立派な犯罪です」

港子はもう一度強い声を出してみる。自分のひと言ひと言が、この美しい男の胸に刺さっていくのを見るのは快い。すべての主導権は、今自分の掌の中にあり、まるで女王のように振舞えると思うと楽しかった。

「そうです。犯罪です……」

泰生はうつむく。こういう時、男のくせにやたら睫毛《まつげ》が長く、しばたたかせる者がいるが、彼はそういうことをしなかった。

「今までに犯罪、犯したことある？」

「いや、ない……。でも高校生の時、本を万引きしたことはあるけど」

「高校生がいたずらでやるやつね。でもあれは本当に罪が重いと思うわ」

「僕もそう思います。だけどお袋にバレて、一緒に本屋さんに謝りに行きました。店長の前で、今から警察呼んで留置所ぶち込んでください、って、僕の頭をひっぱたいたんです。最後は店長が、そこまでしなくてもいいですよ、って言ったぐらい、猛烈な怒り方だったなぁ……」

「ふぅーん」

少々意外な気がした。大月の妻というのは、夫が他の女に心奪われたのに我慢出来ず、自殺未遂までした女だ。我儘でエキセントリックな女というイメージをずっと持っていたが、今の泰生の話ではかなり違うようだ。

「随分まっとうな、いいお母さんじゃないの」

「僕が大学生の頃までは、面白くてパワーのある母親でした。おかしくなったのは、親父がおたくのお母さんと結婚するって言い始めた頃ですね」

これには返す言葉がない。

「何ていうのかな、お袋は本当に親父のことを愛しているんです。息子の僕が見ていて痛々しいぐらいにね」

「本当にあの人たち……」

港子はため息をついた。

「いい年をして一緒になろうなんて思うのかしら。うちの母と、おたくのお父さまのことよ。お互いに家庭があるんだから、こっそり、わからないようにつき合えばいいんじゃないの。いわゆる大人の秘めごと、っていうやつよね。まわりの人をこんなに巻き込んで、そんなことまでして五十代同士で結婚したいものかしらね」

「まぁ、うちの親父は、芸術家気質といおうか、そういうところが一途ですから」

「五十過ぎたおじさんの一途なんて、気持ち悪いような気がするけれど、あ、失礼」

「本当にそう思いますよ。息子の僕だって、一途になったことなんかないですもん」

「あら、大月さんって、一途な恋をしたことがないの」

「たぶん」

　泰生は怒ったように唇をとがらせる。

「じゃ、リナちゃんはどうなるの」

　今、彼の恋人と目されている人気タレントだ。彼女がどれほど目を輝かせ、泰生のことを告げたか港子は思い出した。

「彼女のことは好きで可愛いと思うけれど、一途だなんて」

「まぁ、そんな言い方、可哀想」

「僕たちの世代って、みんなそうだと思いますよ。一途な恋をするなんて、かったるいっていうか、恥ずかしいっていうか……」

「まぁ、あなたみたいにモテる男が使う言葉じゃないと」

　泰生はかすかに唇をゆがめ、肯定の証を示した。しかしそれがきっかけになり、二人の会話は急にはずみがついた。泰生はこの夏、大きなコンペに参加する教授のお伴で、しばらく上海に行っていたという。

「中国って最近行ったことありますか。行くたんびに空怖ろしくなるんですよ。神をも畏《おそ》れぬすごい勢いって感じで、どんどん大きな建物が建っていく。このいきつく先はどうなるんだって、思わず考え込んじゃうような」

「私、香港だけで、上海は行ったことないわ」

「ぜひ行ってみてくださいよ。女の人のファッションだってすごいですよ。前に行った時は化粧が濃くってダサい感じしたけど、今は東京と変わらないなぁ……」

「へぇ、北京に旅行したばっかりの友人は、やっぱりファッションがいまひとつ、なんて言ってたけど」

「そりゃあ、上海はやっぱり中国の中でも特別でしょう」

泰生はここで店長を呼びとめ、二本めのワインの相談をする。綺麗な発音で、南の方のワインの名を口にした。

「ワインにも詳しいのね」

〝も〟に皮肉な響きを込めた。いくら売れっ子のモデルをしているといっても、学生のくせに泰生は場慣れし過ぎている。

「僕はデザイナーの町田《まちだ》聖人《まさと》先生に可愛がられていて、この頃ワインを先生から教わってるんですよ」

「あら、まぁ」

思わず声が出た。

「町田聖人っていったら、有名なゲイじゃないの。襲われなかった？」

「みんなにそう言われるけど、あんなに紳士的な人はいませんよ。それにワインばっかりじゃなくて、ありとあらゆる文化に精通している。僕の人生の師ですね」

「雑誌で見るだけだけど、すごい気取ったおじいさんに見えるわ」

「だけど中身は違うんですよ。唐谷さんもああいうお仕事していたら、人間がいかに見かけと関係ないかわかるでしょう」

「そうかなぁ。私は人と見かけって、切っても切れない関係だなぁって、患者さんを見るたびに思うわ。見かけがよくなると、明るくなったり、感じがよくなる人がいるわ。内面が外見に追いつこうとするの。私、ああいうのを見ていると、美容整形っていうのも、結構いい仕事だなぁ、って思うわ」

とりとめもない話をしているうちに、二本めのワインもまたたく間に飲み干してしまった。

「唐谷さん、この近くにちょっとおしゃれなシャンパンバーが出来たんですけど、ちょっと寄っていきませんか」

「いいわよ」

立ち上がったとたん、港子は自分がかなり酔っていることに気づいた。こんなことは久しぶりだ。三十歳になってから、飲み方にとても気を遣うようになった。二十代の時のように、隙だらけの飲み方をすると、一緒にいる男にも女にも軽蔑される。適量を決して越さぬよう、何度も自分に問い、途中からはウーロン茶に替えたりする。二次会はよく判断し、行く必要がない時は行かない。送っていく、という男をきちんと見定め、たいていは自分の手でタクシーを止める。シートに身を沈ませるやいなや、まだ自分がしっかりしていることを確かめ、その日のうちにきちんと相手の携帯にお礼のメールを打っておく。こんな賢い振舞いに、自分でも満足していたはずだ。

それなのに、この酔い方はどうしたことだろう。心と体がふわふわと夜の闇の中に漂っている。

しばらく歩いて、天現寺橋の交差点傍のバーに近づいた頃、港子は深いため息をついた。

「私、もう飲めないかも」

「じゃ、一杯だけ飲んで帰りましょう。ここのバーは、小さな崖の下にあって、ガラス越しの景色がとってもいいんですよ」

「ふーん、あなたがいつも女の子を連れ込む時の定番コースっていうわけね」

「人聞きの悪いこと言わないでくださいよ」

「いいわ、犯罪者と二人、手を組んでバーに入るわ」

「やめてくださいよ。さっきから犯罪者、犯罪者って言うの。二人でいて、こんなに楽しいじゃないですか。犯罪者にこんなこと出来ますか」

「ふふ、じゃ犯罪未遂者ってことに格上げしてあげる。といっても、完全にあなたのこと許したわけじゃないけどね」

そのバーの入り口は、古風な重い木の扉であった。泰生がそれに手をかけようとした時、港子は不意に奇妙な悪寒に襲われる。このバーの扉の向こう側に、翔一がいるような気がするのだ。カウンターに、港子の知らない女と腰かけ、楽しげに喋っているのではないか。その場に立ち、港子はもう一度叫ぶかもしれない。

「何よ、どうしてこんなブスと一緒に仲よくしているのよ……」

駄目だわ、私、と港子は言った。

「ここに入るのが何かイヤだわ。すごくイヤなことが待っているような気がする」

「初めての店でしょう。どうしてそんなことがわかるんですか」

「わかるのよ、何となくね。バーって、いつもイヤなことが待ってるのよ。あ、ごめん。私、ちょっとあることがあって、トラウマになってるのかもしれない」

「じゃ、やめておきましょう」

泰生はドアから手を離し、にっこりと微笑んだ。その笑顔の美しさは、夜の闇の中でひとつの奇跡のように思われた。

「気持ちが落ち着いたら、二人でまたここのドアを押しましょうね」

「あぁ、あなたって、なんていい子なの。犯罪者なのに」

「ひどいなぁ」

その時、泰生の手が港子の首すじに触れた。指で首をひっかけるようにして、自分のところに近づける。そしてすばやくキスをする。

「これは犯罪じゃない」

かすれた声で言った。

「僕の意志で、キスしたいからしたんだ。もし好きな女にキスするのが犯罪だっていうんなら、世界中犯罪者だらけになっちゃうよ」

本当にそうだと港子は思った。

10

キスを最初に発明したのは、いったい誰だったんだろう。

人間になる直前の猿だったような気がする。手と手を合わせてもよかったし、顔をこすり合わせる動作もあったはずだ。それなのに進化途中の猿たちは、自分たちにとっていちばん大切で、いちばん近くにあるものを合わせる行為を選んだ。時々は食べ物のにおいがする温かい場所。そこからは生きている証の息が伝わってくる。そこを親愛の場所に選んだのは正解だった。もし頬を合わせることを選んだのなら、こんなに美しく絵になるポーズにはならなかったろう。

キスは本当にいい。それなのにこのところ、港子はキスを独立させなかった。セックスの幕開けの合図のように考えていた節がある。もちろん恋人とキスだけで終わる夜もあったけれども、それはきちんとベッドまでいけなかった悔いと無念さが込められていたはずだ。

キスだけで完結した夜というのは、中学生の時以来だと港子は思う。キスをしたという事実に、心と体が躍っているのだ。ことの重大さに、いつまでもそのことを思い出している。ひとさし指を唇にあて、相手の真意を探ろうとする行為は、いったい何年ぶりだろう。

「どうして強姦未遂犯とキスなんかしたんだろう」

好きな女とキスしたい、それだけだと泰生は言った。その好き、という意味をいったいどうとったらいいんだろうかと、港子は何度も自分に問いかけている。好きだよ、と何人も、何度も男の人から言われたことがあったけれども、今度の〝好き〟を本当にそのまま受け取っていいのだろうか。別の策略を仕掛けてきたのではないだろうか。あの美しい男が、年上の、しかも複雑な関係の自分のことを本当に好きになったりするのだろうか。

それにしても、あのキスは本当に素敵だった。舌をからめてきたわけでもないし、やたらしつこく唇を重ねたわけでもない。それなのに唇の上に甘美な記憶がしっかりと留まっている。最初のキスをした猿たちが、唇をキスの場所にしたのは本当に正しい。やわらかく赤い粘膜のここには魂の先端が宿っているかのようだ。

「でも、どうして、あんな男とキスをしちゃったんだろう……」

ほんの少し後悔している。そして知った。キスの後悔というのも、なんと甘やかなのだろうか。お酒の勢いでついしてしまったセックスの後悔とはまるで違う。「どうして」「どうして」

と、心に問うてみる自分の声が少女のようになっていることに港子は気づいた。

そうしている間にも、泰生からのメールが届く。最初に会った時に教え合った携帯のメールアドレスを、彼は消さずにとっておいたのだ。

「ミナコさん、昨夜はとっても楽しかったですね。もっとおいしくていい店知ってます。今度の木曜日は空いていますか」

木曜日というのが気にかかる。週末は本命の恋人のために空けているのだろうか。

「木曜日は仕事が遅くなるかもしれません。せっかくですけど」

「だったら次の金曜日にしましょうよ。僕はその日撮影が入ってるんですけど、八時スタートでもいいですか」

「へぇー、何の撮影なの」

つい好奇心を出してしまった。

「メンズ・エビータです」

「あら、そこの編集長知ってるわ。前にエビータの編集長をしていた岡本さんでしょう。このあいだメンズ版に移ったって聞いたわ」

「たぶん編集長も来ると思いますよ。表紙の撮影だから。だったら七時半頃迎えに来てくれませんか。場所は六本木スタジオです」

いつのまにか話が決まってしまった。スタジオの撮影をのぞくのも悪くないかなぁと港子は考える。クリニックが取材される時は、いつも撮影に立ち会うのであるが、たいていが診察室の中だ。タニ・クリニックは、大手と違い、タレントを使って広告をすることもない。よってスタジオ撮影は港子にとって未知のものだ。

泰生はモデルをしている。しかもかなり売れっ子だという。男性向けの雑誌では、トップのファッションページや表紙に使われるほどのランクだということをつい最近知った。

しかし港子にとっていまひとつ理解出来ないところは、この尊大なプライドの高そうな青年が、どうやってモデルという仕事と折り合いをつけているのだろうかということだ。恋人なのか、あるいは彼に片思いしているだけなのかよくわからないタレントに言わせると、

「無愛想でクールなところが男にも女にも人気がある」

ということだが、それもモデルのポーズというものだろう。とにかくこれは好奇心のなせる業なのだと言いわけしながら、港子はメールを打った。

「じゃ、もしかするとスタジオにお邪魔するかもしれない」

「じゃ、岡本さんと三人でご飯を食べましょう。彼女にも言っておきます」

自分からそういう風に仕向けたにもかかわらず、三という数字に港子は不満を持つ。

「三人で」

女がこの言葉を発する時は、あきらかに拒否の意味を含んでいる。が、男の場合はどうなのだろうかと、しばらく悩んで港子は馬鹿馬鹿しいとひとりごちた。たかが一回キスしただけの年下の男ではないか。それなのにどうして昨夜から、相手の心を推理してばかりいるのだろうか。しかも自分の美貌を知り抜いていて、モデルをしている男なのだ。とんでもないナルシストに決まっている。女が自分の美を利用するのはあたり前の話だが、男となると話は別だ。たとえアルバイトだとしても、到底自分は好きになれないだろう。

スタジオに行くのは、岡本に会いたいためと、泰生の仕事に好奇心があるからだ。それ以外には何もないと港子は自分に言い聞かせる。

六本木スタジオは俳優座の裏手にある。たっぷりと敷地があるのと比較的新しいのとで、大層人気があるスタジオだ。アイドルの撮影もよく行なわれていて、彼らめあてに若い女の子の行列がスタジオを取り囲んでいることもある。

受付で教えられたとおりに雑誌の名を告げると、地下一階のスタジオに行くように言われた。若いスタジオマンの女の子が案内してくれる。重たいドアを開けた。ライトが煌々《こうこう》とあたるセットの中に泰生はいない。その時、やぁと声がした。冬号らしくダッフルコートを着た泰生が、カメラマンと一緒にパソコンの画面をのぞいているところであった。最近のプロのカメラは、撮影した直後にこうしてパソコンで確認することが出来るのだ。

「ちょっと待っててね」

泰生はこちらに向かって手を振る。関係者だとわかったらしく、近くにいた若い女が、港子に椅子をすすめてくれた。年格好からして、どうやらスタイリストのアシスタントらしい。ニットカーディガンにジーンズといういでたちだが、どことなくあかぬけている。スタジオの暗がりの中でも、肌が輝くようであった。

彼女のボスらしい女は、泰生と一緒にパソコンの前にいる。マウスを動かしながら何やら話し合っている。操作をしているのがカメラマン、その真後ろにいる小太りの眼鏡の男はどうやら編集者だろう。

カメラマンが何やら話しかけ、泰生は頷く。その表情があまりにも真剣なことに港子は驚く。時々、くいいるように画面を見つめることもあった。学業の合い間にするモデルの仕事など、もっと適当にしているに違いないとどこかで考えていたのだ。

やがてみなはパソコンの前から離れる。いっせいに持ち場に戻る、という表現がぴったりであった。カメラマンは、指示を出してバックスクリーンを取り替えさせた。泰生には三人の女が近づく。スタイリストとそのアシスタント、もうひとりはヘアメイクらしい。マフラーの巻き方が直され、髪が整えられていく。そして女はパフでそっと泰生の鼻を叩いた。

彼は自然にそれらのことを受け止めていく。三人の女にかしずかれて身なりを整えられていく自分を恥じる様子もなかったし、おごる風でもなかった。モデルなのだからあたり前といえばあたり前なことであるが、港子にはとても新鮮なものに映った。

あの気むずかしそうな男が、泰然として自分の仕事を受け止めている。港子の知らない泰生の顔であった。

「さぁ、いってみよう。ヤッちゃん、よろしく」

カメラマンの声がスタジオに響く。どうやら彼は、仕事仲間からヤッちゃんと呼ばれているらしい。

シャッターの前で、泰生はさまざまなポーズをつくる。歯を出して笑ったかと思うと、顎の下に手の甲をあて、何か考えにふけっているような表情をつくる。カメラから視線をはずしたり、凝視したりもする。が、そういうことを泰生がすればするほど、港子は少しずつ哀しくなる。

「ほら、やっぱりモデルのコじゃないの」

心の中の声が大きくなる。

「ハンサムでカッコよくて、女の子なんかどうにでもなると思ってる、遊び人のモデルよ」

そんなものは自分にとって何のゆかりもない存在だ。泰生はそのことを自分に教えるためにここに招《よ》んだのだろうか……。

やがてシャッターの音が止まった。

「おつかれー」

カメラマンの声を合図に、その他の者たちも声を合わせ、「お疲れさまでした」と叫ぶ。泰生はまっすぐに港子のところへやってきた。

「ごめん、待たせちゃって」

「別に、全然どうってことないわよ」

言いかけて自分の声の冷たさにハッとする。全く、男に拗《す》ねる、などということをしたのはいったい何年ぶりなのだろう。

「ちょっと、お仕事見に来ただけだから」

「そんなこと言わないで、ご飯食べに行こうよ。もうじき岡本さんも来るからさ。ね、ね、五分だけ待って。着替えて顔洗ってくるからさ」

拝むふりをする。こんなポーズをされたら、たいていの女は五時間でも待つだろうと港子は思う。が、そのことを充分知りぬいているらしい態度が気にくわない。もしかすると男の方が、女よりもはるかに自分の美を有効利用しているかもしれない。美しい女はあまりにも数が多過ぎるので、たいていの者は自分の魅力をもっと無造作に使っているものだ。途中で帰ろうとあれほど思っていたのに、港子はじっとスタジオの片隅で待っている。

「お待ちどおさま」

十分はたっていた。グランジのデニムに、今日は水色のツイードのジャケットに着替えている。ツイードはたぶんイタリアのものなのだろう。日本製だとこんな鮮やかな色は出ない。

「きっとモデルでどっさり稼いでいるんだわ」

港子はこうしたことまで失点にしようと心に決めた。人が振り向くほどの容姿を持ち、売れっ子のモデルをしている男などというのは、自分とは縁遠いものだと言い聞かせる。きっとこういう男にとって、女にキスをするなどというのは挨拶のようなものなのだろう。それに特別の意味を持たせ、あれこれ記憶をなぞっていた自分は、なんて愚かなのだろうとも思う。

「それで岡本さんは」

「さっき急に来られなくなったって。唐谷さんによろしくってメールが入りました」

「あなた、また何か企んでいるんじゃないの」

「やだなぁ、やめてくださいよ」

「わからないわ。だってあなたは犯罪者なんだもの」

「ひどいなァ、まだそんなことを言ってるんだから」

ごく自然に肩に手をまわした。背の高い泰生がそうすると左手が下がり、角度が鋭くなった。その分掌に力が入っている、と思うのは気のせいだろうか。右手でタクシーを止める。港子を先に入れ、自分は後から乗り込んだ。手も長いけれど脚も長い。タクシーの狭い座席で、彼のももは窮屈そうに斜めに曲がった。

「運転手さん、新大久保へ」

「新大久保のどこへ行くの」

「めちゃくちゃおいしい韓国料理食べに行きましょうよ。新大久保のコリアンタウンに、学校の仲間とよく行く店があるんですよ。そこの家庭料理、安くてうまくて最高ですよ」

「あら、いいわね」

港子はいつのまにか、途中で帰ろうとしたことなどすっかり忘れていた。新大久保に行くのは久しぶりだ。しばらく行かない間に、ハングルの看板がめっきり増えた。ドン・キホーテの巨大なネオンの下は、ハングルばかりのアーケードになっている。泰生はもの慣れた様子で、一軒の韓国料理店へ入っていった。

「こんばんはー」

「あれー、久しぶりだね」

少し訛《なま》りのある、エプロン姿の中年女性が声をかける。

「この頃ちっとも顔見せないじゃないのォ」

「みんな忙しいんだよ。でも今日来たからいいじゃん。奥のテーブル空いてる？　それとまずは生ビールね」

　はいはいと、女はとろけそうな笑顔を浮かべた。美しい男に甘えられた時、女がよくする表情だ。自分ももしかすると、こんな風なだらしない笑い顔になる時があるかもしれないと港子は思った。全くこちらが気を許すには、泰生は美男子過ぎる。

「勝手に注文しちゃったけど、港子さんも生ビールでいい？」

「ええ」

「えーと、何にしようか。港子さんは辛いもの苦手かな？　それとも結構いける方かな」

「私、辛いものとっても強いの。みんなが悲鳴をあげる青トウガラシも平気なくらいだから」

「それなら話は早いや。まかしといて」

　やがて次々と料理が運ばれてきた。真赤なトウガラシが浮き上がっているキムチ、牛のモツに甘味噌をからめたもの、春雨の炒めもの、豚足の煮込みなど、泰生はさもうまそうに、時々は手を使って食べる。

「韓国料理好きなのね」

「ええ、うちの教授が一ヶ月間、コンペのためにソウルにいた時は、ずっと一緒でしたから」

「へぇー、大学院ってそんなこともするの」

「僕ら、院生なんて、それこそ教授の使いっ走りですよ。先生の研究発表の時は、スクリーンに映し出すためのパソコン係になって、それこそ日本全国どこにでも行くもの。先生が金出してくれたら、海外にも従いていきますよ」

「でもそういう修業を積んで、みんな建築家になっていくわけでしょう」

「やだなぁ、港子さん、今、建築学科を出てもなかなか食べていけませんよ」

「そうなの」

「こんなご時勢ですから、公共物なんかどんどん減らされていきます。大きいもの建てて、もてはやされる建築家なんて、それこそひと握りです」

「おたくのお父さまなんかそうなのね」

「えぇ、うちの親父見てると、本当に商売人だと思いますね。口もうまいし、どんなえらい人ともすぐうちとける。そのくせ有名建築家の尊大さはちゃんと見せて、むこうが〝先生〟って頭下げるようにちゃんと仕向ける。金の出させ方なんか、天下一品ですね」

「お父さまのこと、そんなこと言っていいの」

「いや、本当のことですよ。一流の建築家って、仕事をいかに貰うか、っていうことにかかってるんですからね、親父の生き方は正しいんです。僕なんかあんなこと出来ないっていつも思ってる。だからいつまでもぐずぐずと大学院に残っているのかもしれないなぁ」

「でもそろそろ将来を決めなきゃね」

「いやだなぁ、港子さん、どうしてさっきから説教くさいことばっかり言うんですか」

「だって年上なんだから仕方ないじゃない」

「やめてよ、年上だなんて。たった六つじゃないか」

泰生は急に乱暴な口調になり、港子を軽く睨む。どうしてこんな目をするんだろう。まるで本気で自分のことを思っているようではないかと、港子は心がしめつけられる。

「六つの違いって大きいの。三十になった女はものすごくデリケートになってるから、年下っていうことにこだわるの。自分でもおかしいぐらいにね。大月君も三十になったらわかるわ。あ、男と女の場合はかなり違うかもね」

「僕さ、港子さんといるとめちゃくちゃ楽しい」

先が赤く濡れた箸を置いた。

「女の人と一緒にいて、こんなに楽しいのは初めてだよ。何言っても、ポーンポーンっていい感じで返ってきて、女の人とお酒飲むのって、こんなに面白いものかとびっくりしてる」

「姉みたいな気分になってるからじゃない」

港子は笑った。そうでもしなければ、こんな強い視線に耐えられそうもなかった。

「だって私たち、もしかすると義理の姉と弟になるかもしれないんだもの。そうでしょう、うちの母とおたくのお父さま、もう若い者みたいに熱くなって、どうしても結婚するって言ってるんでしょう」

「そんな言い方はやめろ」

泰生は怒鳴ったが、その声は隣のテーブルの笑い声にすっかり消された。韓国語を喋る中年男性のグループだった。

「僕たちのこと、そんな風に茶化すのは嫌だ……」

なんと驚いたことに、泰生の目からは涙が噴き出しているのだ。

「ちょっと、ちょっと待ってよ。ちょっと、それ、どうにかしてよ。人が見てるわ」

「うん、わかった」

傍にあったおしぼりで乱暴にぬぐう。それもところどころキムチの赤いシミが出来ていた。どうしようもないほど熱いものが港子の中にこみ上げてきた。男をこんなにいとおしいと思ったことはない。どうしていいのかわからず、栓を抜いたばかりのマッコルリ酒をぐいっと飲んだ。

「港子さん……、僕のこと、今度弟みたいって言ったら殴るからね」

「わかった……」

「それから、今から港子さんの部屋に行っていい。それなら犯罪にならないだろう」

わかったわと港子は大きく頷いた。

11

港子の友人に、ハーフの男とつき合っていた女がいる。港子も会ったことがあるが、父親がイギリス人の、彫りの深い美貌の持ち主であった。街を歩くと、何人もの女がぶしつけな視線を送ってくるのがわかる。彼の恋人もそのことを大層自慢に思っていたはずだ。多少のことは我慢するつもりだったという。しかしある日言った。

「綺麗過ぎる男は、もうまっぴら。本当にこりたわ」

何度かの浮気には目をつぶることが出来た。しかし彼女の心を凍えさせたのは、ベッドの上での出来ごとだったという。いつもはどちらかの部屋に行くのであるが、ドライブの帰り、久しぶりにファッションホテルというところへ入った。サイドボードの壁のところに大きな鏡がある部屋だ。その最中、ふと彼女が目を開けた時、深闇の中で世にもおぞましいものを見た。

それは、鏡に向かって、じっと己を見ている彼の姿だったそうだ。

「自分はこんな時もカッコいいかな、女にまたがっている最中もいけてるなぁと見入ってるのよ。あれを見た時、心底ぞーっとしてしまった。私を抱いている時も、いつも自分のことしか考えてない男なのよ。ナルシストなんていうもんじゃないわ。綺麗な男って、心がゆがんでるってわかったの」

どうしてあの友人のことを思い出したりするんだろう、こんな時に。

港子は今、自分の傍で寝入る泰生を見つめている。読書ランプの小さなあかりの中で、高い鼻梁がかすかに上下していた。美しい男は、鼾《いびき》などかかないものらしい。静かな寝息をたてていた。かすかに開いた唇から完璧な形をした前歯がのぞいている。ジムに通っているとは聞いていないけれども、何かスポーツをしているのかもしれない。肩と二の腕に下品でない程度の筋肉がついている。

あまりにも綺麗な男の寝姿に、港子は不安さえおぼえる。

「本当に私って、この男とセックスしたんだろうか」

何だかわからないけれども、こういうことになってしまった。ただひとつ言えることは、港子の中でまぎれようもなく欲望が生じたことだ。欲望と好奇心というのはほとんど同じものであるが、あの時港子を強く揺るがしたものは、

「この美しい男と寝たら、いったいどういうことになるんだろう」

という思いであったに違いなかった。

人から言われるほど面食いというわけではないけれど、今までつき合った男は、みんなそこその容姿を持っていた。ハンサムといえる男もいたかもしれない。が、泰生と比べれば格が違うという感じだ。泰生の美貌は、モデルとして活用利用されることによって、さらに磨きがかかっているようである。余計なものはとりのけられ、強調されるべきものはさらに濃くなっていく。ふつうの男たちはここまで自分の外見と向かい合うことはないはずだ。

「なんて綺麗な男なんだろう……」

髪に触れてみる。こんなシーンを何度か見たことがある。ドラマや映画の一シーンだ。ベッドに横たわっているのは、若い俳優たちだった。寝乱れた髪さえセクシーで美しい男たち。女たちがその夜姿態を抱くために、計算され尽くした形の寝姿。あの男たちと泰生はよく似ている。

「本当にこの男と寝たんだろうか……」

港子の体のいろいろなところにその跡は残っているし、シーツも乱れている。けれどももうひとつ現実味がない。泰生の寝顔を見ているうちに、ますますその思いは強くなった。

髪に指を押しつけてみる。若さが凝縮されているような硬い髪。脂気がなく少しこわばっている。それを少しずつ撫でてみた。

「あっ」

声を上げる。突然手首を握られた。

「何すんだよ」

言葉は乱暴だけれども、唇の端が悪戯《いたずら》っぽく上がるのを港子はうっとりと見つめた。泰生は以前からわざと荒い言葉を発するけれども、ベッドの上でそれを聞くと格別な響きがある。

「人がさ、ぐっすり眠ってるのに、どうしてこんなことすんだよ」

「だって死んでるのかと思って……」

表現を間違えてしまった。死んでいるかと心配になったのではなく、現実に彼が存在しているか不安になったのだ。

「死んでるわけないじゃん、ほら」

いきなり港子は抱きすくめられた。泰生の口腔からは酒のにおいがすっかり消えている。さっきとは違う、ひんやりと冷たい唇。

「なんかさぁ……」

港子はつぶやいた。

「本当にあったこととは思えなくって……」

「本当だってば。だったらもう一回しようよ……」

驚いたことにキスをしていた三秒の間に、泰生の体はすっかりスタンバイしていた。そして港子の体もだ。やがて泰生は港子の上で規則的な運動を始める。いつもなら、多少しらける一瞬である。まだ自分が別の世界へ昇りつめる前に、男が動物的な行為にひとり没入しているようだ。

また友人のエピソードを思い出した。泰生もまた、自分勝手でナルシストな男なのだろうか。港子にしては珍しいことであったが、薄目を開け、自分の上にいる男を見た。すぐ間近に、泰生の鼻の穴がある。柿を半分に割った種のような形が斜めに並んでいる。美しい男は鼻の穴まで美しいのだと、港子は思う。気配に気づいたのか、泰生の視線が港子に向けられる。ニッコリと笑う。信じられないほど素敵な笑顔。そしてキスをする。

これは本当のことだろうかと、港子はまた自問自答している。


朝早く、人の気配で起きた。すっかり身じたくを終えた泰生が、キッチンで牛乳を飲んでいるところであった。

「ごめん、勝手に冷蔵庫開けちゃった。僕、朝何か腹に入れないと駄目なんだ」

「中、ごちゃごちゃしてて恥ずかしいわ」

本当にそうだ。ひとり暮らしの女の冷蔵庫はたいしたものは入っていないくせに、いろいろなタッパーや使いかけの瓶類に占領されている。あれを見られるのは、クローゼットの中を覗かれるのと同じくらい恥ずかしい。

「ベーグルがあるけど食べる」

「サンキュー」

コーヒーは嫌だというので、紅茶を淹れてやった。が、照れるあまり港子は泰生の顔をきちんと見ることは出来ない。見られたくもないと思う。起きたてで化粧をするのもおかしかったから、髪をたばね口紅をつけただけだ。デニムに、上は上等のカシミアをふわりと着た。

「いつもこんなに早起きなの」

「学生だもん。上野なんてとこの一時限から出ようと思ったら、そりゃあ大変だよ。だからもう何年も日にちが変わる夜遊びからは遠去かってる」

「ふぅーん、なんか意外」

そんな戯《ざ》れごとを言っているうちに、やっと泰生の顔をまともに見られるようになった。朝陽の中でも、彼の魅力は少しも損なわれていない。皮膚は艶やかにぴんと張っているが、予想していたとおり髭が少し伸びている。今はおしゃれで不精髭風のものを生やすのが流行っているが、泰生のそれはあきらかに一晩たった髭である。港子は家に置いてある髭剃りを貸してやろうかと思い、やはりやめた。少し前まで泊まっていく男がいたことを知られたくはなかった。そんな露悪的なことはしなくていいと自分に言い聞かせる。

「じゃ、行ってきます」

泰生は立ち上がる。〝じゃ、また〟でもなく、〝さようなら〟でもなかった。その言葉はとても新鮮だ。学生だからすらりとこんな言葉が出るのだろう。

キッチンの左側、ということは玄関で泰生はもう一度、港子を強く抱き締める。

見ないでと言った。

「髪もぼさぼさだし、お化粧もしていないわ……」

「関係ないよ、ミナちゃん、すっごく可愛いよ」

「そんなはずない……」

だってもう、三十歳のおばさんだもんと言いかけてやめる。今まで自分の容貌についてコンプレックスなど持ったことはない。冷静に判断して、Aの下グループに属すると思っていた。世の中でも「綺麗なお嬢さん」で通っていたはずだ。高校生の頃から、何人かの男に取り囲まれていた。そういう男たちと恋を楽しんだり、時には別れの悲しみを味わっているうちに、あっという間に三十歳になったという感じだ。しかし地方ならともかく、都会の真中に暮らしていて、三十歳という年齢を悲観したことはない。それなのに泰生にこうして見つめられると、港子は自分が恋にふさわしくない女に思えてくるのだ。彼にふさわしいかどうかはまだわからない。が、自分は絶世の美女でもなく、もう三十歳なのだという現実が強く湧いてくる。

五十歳を過ぎた母に愛人がいて、セックスしていることにぞっとしたけれども、三十歳はどうなんだろう。二十代の女から見れば、やはりウソーッということになるのではないだろうか。

「じゃ、ミナちゃん、すぐにメールするよ」

また長いキスをする。昨夜はとても熱い唇だったのに、今日はひんやりしている。三十歳の、モデルでも女優でもない自分が、こんな美しい男とキスをするなんて、これはやはり間違っているのではないだろうか……。

その日の午前中、港子は少しぼんやりとして過ごした。泰生のメールを待っていたからだ。クリニック内は一応携帯禁止ということになっていたが、VIP担当のレセプショニストの港子は大っぴらに持つことが出来た。朝からメールもかかってくる電話もかなりあったのだが、その中に泰生のものはない。あれこれ疑惑の芽が育とうかというお昼前に、着信音があった。

「ミナちゃん、昨日は本当に楽しかったね。僕たち、いろいろむずかしい問題がいっぱいだけど、とにかく頑張っていこうと決心をした。ミナちゃんは最高だ。女の人に夢中になるって、こういうことだって初めてわかった」

あまり絵文字も使っていない。ただ最後にハートマークが印《しる》されていることに港子は微笑んだ。

「かわいい！」

そして港子は気づく。年下の男とつき合うのは初めてということにだ。

昨夜のことはいつもと違う。相手に対して強気に出ることが出来なかった。自分の外見と年が釣り合わないのではないかと恥じる、などというのは初めての経験だ。

「だって仕方ない。そう長く続く関係でもないし」

いちばん肝心なことを忘れていたわけではない。泰生は母の愛人の息子なのだ。深く長くつき合うことが許されるはずもなかった。

いっときだけ美しく若い男とつき合うだけだ、と言い聞かせ、そのとたん港子は自分が中年の女になったように感じた。

やはり早く終わらせなくてはと思う。

しかしあんな綺麗な男に誘われて、どうして抗することが出来るだろうか。人間が三十歳まで生きていれば、〝まずい〟と思ってもしてしまうことがある。後悔するものこそ、その時に甘美だ。泰生との一夜は、その最たるものかもしれない。いずれにしても、泰生とのことは、絶対に母には知られてはならない。そのことははっきりとわかる。母と泰生の父親とはかなり本気でつき合っていて、もうじき一緒に暮らすことになっているようなのだ。五十代の男女が、セックスをすることも理解出来ないけれども、人生をやり直そうと思うことも全くわからない。どうしてあの人たちは諦めることをしないんだろうか。母にしても、ずっと父と別居状態だったが、それで不都合がなかったではないか。あの大月という建築家にしても、五十幾つになって、どうして離婚などしようとするのか。

港子にとって、中年の男女のそうした行為は、ただの悪あがきにしかとれない。クリニックにも五十代の女がたくさんやってきて、それリフティングをしろ、シワを取れと懇願していくが、あちらの方がずっとわかりやすい。あの人たちは顔を変えようと思っても、人生を変えようとまでは思っていないのだから、まだ共感出来る。それなのに母とその愛人ときたら、人生の半ばを過ぎて、何を得ようとしているのだろうか。おかげで、娘である自分の人生に、かなりの影響が出ているのだ。


そんな港子の気持ちが通じたに違いない。その後、母のゆかりから電話がかかってきた。

「ミナちゃん、このところちっとも顔を見せないじゃないの。どうしたのよ」

「別に。仕事が忙しいだけ」

「そんなに身を入れてやることもないのよ。別にあなたのキャリアになるわけでもないし」

「そんなこと言って。あそこを紹介してくれたのはママじゃないの」

「そりゃそうだけど、ミナちゃんがこんなに長く続くとは思っていなかったのよ……」

短い沈黙があった。母がここで何かを言い出すかもしれないと思ったけれどもそうしなかった。昔からそうだ。ほかのことはあけすけな母親なのに、自分の異性関係については何も言わない。あの大月という建築家のことが、これほど世間で広まっているというのに、娘に対しては押し隠そうとする。港子はふと意地の悪い気持ちがむらむらと湧いてきた。

「ねぇ、相手の奥さん、自殺未遂したんだって」

「えっ」

「手首切るか何かしたんでしょう」

「知ってたの」

悲しげな深いため息だった。

「あの大月っていう人、有名人だもの。みんな知ってるんじゃない。私の耳にまで届いたぐらいですもの」

「あの奥さん、本当に変わった人なのよ。自殺だって本気でしたわけじゃない。自分で救急車呼んで、騒ぎを起こしたぐらいなのよ。とにかく私のことが憎いみたいなの」

「そりゃそうでしょう。大切な旦那を取るんですもの」

「嫌な言い方しないで頂戴。とにかく変わった人なのよ。大月さんには息子さんがいるらしいけれども、そのコも変わっていて、ちょっと恐ろしい子みたいよ。奥さんにそっくりなんですって。びっくりするぐらいハンサムでモデルをしているらしいけれど、二人して私のことを憎んでいるみたいね。どうしたの、ミナちゃん、聞いてるの」

「ええ、聞いてるわ……」

母親は何も知らないまま、港子の大きな秘密に触れようとしていた。

12

泰生は酒が強い。ワインも時々は飲むが、口にするのはもっぱらビールか焼酎である。多くのものを口に入れながら、たくさんの言葉を口にしながら、安い酒を口にする。それはいかにも、学生の酒の飲み方であった。

「意外ね、いつもモデルのコやタレントさんたちと、しゃれたお店でワイン飲んでると思ってたわ」

港子が少々嫌味を込めて言うと、泰生は悪びれることなく答えた。

「そういう時もたまにあるけれども、あのコたち、体重を気にしててあまり飲まないんだ」

「そうなの……」

「ワイン好きなコは、この頃結構多いけれど、そういう時も食べ物は口にしないね。それは徹底してるよ。そう、そう、たまにだけど、すうっとトイレに立って吐いてくるコがいるよね」

「まぁ、怖い。それって拒食症じゃないの」

「いや、彼女が言うには、自分はプロだからちゃんとコントロール出来るって。食べ過ぎたと思う時だけ、さっと出してくるんだって。でもさ、いくらうがいをしてきても、ゲロした後の口っていつまでもくさくって、何か嫌だったなぁ」

たぶんキスをしたのだろう。

もしかしたら、その女の子というのは梨奈ではないだろうか。クリニックにたまに点滴しにやってくる、いま売り出し中の人気タレントだ。

今、好きな人がいるのよ。その人はモデルをしているけれども、本業は芸大の大学院生なの。建築を勉強しているのよ。素敵でしょう……。

梨奈が自分に誇らしげに告げたのをつい昨日のことのように思い出す。そして港子は梨奈を迎えに来た泰生とその日初めて会うことになるのだ。

もしかすると梨奈とはまだ続いているのではないだろうか。いや、そんなことはない。今は港子だけだと彼の口から聞いたばかりではないか。

けれども泰生とキスする梨奈の姿を港子はたやすく想像することが出来る。ゲロをした直後かもしれないが、少し青ざめた梨奈は大層愛らしい。若いからまだボトックス注射やメスとも縁がない美しい肌。目ぐらいはちょっといじっているかもしれないけれど、完璧な形と大きさを保っている。そんな美少女を抱き締め、泰生はキスをしたのだろう。いや梨奈だけでない。何人も、いや何十人もという美しい若い女たちの肩に手をまわし、泰生は唇を重ねていくのだろう……。

あぁ、私はとても嫉妬深くなっていると港子は思った。以前の恋愛の時もやきもち焼きとよく相手から言われたし、自分でも認めていた。けれども今回の比ではない。泰生の過去にまでさかのぼっての多くの想像、いや妄想がこんなにも自分の心を揺さぶっているのだ。

だから泰生が学校の話をしてくれると港子はほっとする。

「うちの教授もそうだけどさ、建築家っていうのは絶対に理系じゃない、文系の仕事だと思うね」

「あら、そうなの」

「そうだよ。うちの親父のスケッチブックっていうか、アイデアを練るノートなんか覗いてごらん。笑っちゃうよ。ものすごくロマンティックな詩がいっぱい書かれてるんだぜ」

「まぁ、お父さまが詩を書くの？」

港子でさえ知っている有名建築家だ。それだからではない。五十代の男性が詩を書くなどというのは、とても信じられなかった。

「本当だよ。こっそり見たんだけど笑っちゃったよ。どっかの塔をスケッチしてて、その横に、未来と夢とは本当に双生児なのだろうか。未来と懐疑との共生は可能か。人は思索の末に虹を見ることが出来る、とかわけのわからないことが書いてあるんだ」

「ふぅーん」

「うちの教授もそうだけどさ、イメージがはっきり形になるまでは、かなり苦しんでさァ、文学的なところへさまようみたいだよ。だから建築家って文系なんだよ」

「ヤッちゃんもそう?」

この頃港子は、若い恋人のことをそういう風に呼ぶ。泰生がそう命じたからだ。

「いや、僕はまだ学生だしそういうところまでいかないな。必死でパソコン見てるだけ。だけど親父なんかは、やけにロマンチストだよなァ」

「なるほどね、だからうちのママと恋愛したりするんだ」

「そうなんじゃない。建築家はたいてい二度三度結婚してるもの。うちの親父みたいに一回だけっていうのは珍しいかも」

二人とも自分の親を茶化すようなことを口にしながら、いちばん肝心なところから遠去かろうとしている。港子の母親と泰生の父とは今、深いつき合いを重ねていて、これはどうにも信じられないことであるが、結婚さえしようとしているのだ。五十を過ぎた人たちが、どうしてお互いの家庭を捨て、一緒になろうなどと思うのだろうか。港子には全く理解出来ない。

五十歳を過ぎたくせに、どうしてやり直すことが出来ると考えるのか。仕事なら出来るかもしれないが、男と女のことなど年を取れば大層不利になるはずだ。もう衰えかけた肉体でセックスして楽しいのだろうか。それなのに大月と母のゆかりは深く愛し合い、もう別れることは出来ないと言っているらしい。その二人の子どもが、よりによって恋人同士になってしまった。こういう関係を何といったらいいのだろう。親たちがしていることを、子どもたちもしたことになる。絶対に祝福されることはないはずだ。もし港子と泰生のことが露見したら大変なことになるのはわかっている。いちばんショックを受けるのは泰生の母親に違いない。夫から別れを持ち出されて自殺未遂をしたという。

「あんなのは邪魔するための狂言に決まっている」

と母のゆかりは言ったけれども、それほど夫のことを愛しているに違いない。もし泰生の母が、自分たち二人のことを知ったらどうなるか。それこそ恐ろしい事態になるだろう。もちろんのこと、港子の母親も泰生の父親も、驚き嘆き悲しむに決まっている。世の中に多くの若い男と女がいるのに、どうしてよりによって、いちばん選んではいけない相手を選んだのかと責めるはずだ。

だからすべてのことを秘密にしなければならなかった。とても用心深くなっていて、携帯の番号もメールアドレスも偽名にしている。どこでどう漏れるかわからないので、友人にも絶対に紹介しない。こんな恋は初めてだった。二人で繭《まゆ》をつくり、その世界に入り込んでいる。目立たない店に行き、たくさん飲んで喋り、その後は港子の部屋へ行く。泰生の部屋だと時々母親が掃除をしに来るからだ。

港子の部屋は精緻な白く輝く繭となり、その中で二人はしっかりと抱き合う。朝まで何度もセックスをする。酒の飲み方と同じで、泰生のそれは力が漲《みなぎ》っている。あぁ、なんて素敵な人なんだろうと港子は大きく息を吐く。こんなに美しい男が自分に夢中で、何度も何度も体を求めてくるのだ。こんなことってあるのだろうか。不安なことや心配なことは山のようにあるけれど、とりあえず考えないようにして、どこかに取り除けておこう。

「大好きよ、ヤスオ……」

やっぱりヤッちゃんよりもヤスオの方がずっといい。ヤッちゃんなんて、まるで半ズボンの男の子のようだ。

「僕もだよ、ミナコ」

ミナちゃんからいつのまにかミナコになっている。暗闇の中で、港子の体を支配している男の口から聞く言葉は、ミナちゃんではなく、やはりミナコでなくてはならなかった。

とはいうものの、二人は目立つカップルとして、次第にあたりから浮き上がっていたらしい。あたり前だ。六本木や青山というところを避けて、地味なエリアと店を選ぶようにしていたのだが、そういうところで泰生の姿が人の目をひかないはずがない。隅の席を選んでも、女客たちがちらちらと視線を送ってくるのがわかった。

翔一から電話があったのは、表参道のイルミネーションの点灯式が行なわれた夜だ。あのバーでの事件から一ヶ月たっていた。

「どうしているかと気になっていて」

ものを書く仕事をしているというのに、彼は世にもありきたりの言葉を口にした。

「どうもしていないわ」

冷たく聞こえないように努力した。嫉妬していると思われるのは大層口惜しい。

「すぐに連絡しなきゃいけないのはわかってたけど、僕もいろんなことを考えて混乱してしまって。情けないけどどうしていいのかわからなかったんだ」

「わかるわ」

あの夜のことを思い出すと滑稽さが先にたつ。どうしてあんなにいきりたったんだろうか。

あんなブスな女に。

「あなたの新しい恋人に向かって、失礼なことをしたんですものね。本当に悪かったと思うわ」

「やめてくれよ、そんな皮肉。僕は本当に悪いことをしたと思っているんだ」

男が言いわけをせず、嘘をつかず、悪いことをしたと言う時は、相手の女に決めたということだ。このくらいのことは港子にもわかる。が、そのことを追及する気にはまるでならない。あの夜をきっかけに翔一は地味なブス女を選び、自分はとても美しい若い男と愛し愛されるようになった。幸運な人間が、どうして自分よりも不幸な人間を恨んだりするだろうか。

めんどうくさいので港子は話の方向を変えた。

「それで本は出ることになったの？」

「あぁ、来年の四月に出してもらえることになった。自分の名前で出す初めての本だよ」

そういえば昨年の今頃、彼は女優のゴーストライターとしてダイエット本を書いていたはずだ。

「本当によかったわね。あなたもこれで作家の仲間入りね」

「一冊ぐらいじゃまだ仲間入りは出来ないよ。ただ単純に、本当に嬉しい」

「彼女っていい人よね」

素直に言葉が出た。

「あなたの本をつくろうと一生懸命だったんですものね。本当にひどいことを言って失礼したわ」

でも本当にブスだったのだから仕方ない。

「あのさ、おととい代々木上原の、井ノ頭通り沿いにあるダイニングバーにいなかったか」

「あ、いたわよ」

Ｂｕｎｋａｍｕｒａで新作の芝居を見た後、遅い夕食をとったのだ。車で十分ほどの代々木上原に最近しゃれた店が増え、しかも夜遅くまでやっている。最近は渋谷や表参道から流れる客も多いようだ。

「僕も仕事先の人とあの店に入ろうとして、満員で断られた。そうしたら奥の席にミナコを見つけたんだ」

「何時頃？」

「十時半頃」

「その時間だったらいたわ。お芝居の後だから」

「随分若い男だな」

いきなり核心に触れてきた。

「そうでもないわ。たった六つだけよ」

が、学生の泰生はニットキャップにデニムという服装だ。年よりもずっと若く見えるのはいつものことだった。

「えらいハンサムでもの凄く目立ってた。あの男は芸能人なのか」

「ただの学生よ。大学院生だから、ちょっと年いってるけど」

「そんなはずないだろう。ただの学生っていう感じじゃないよ」

翔一はやけに喰い下がってくる。

「あ、たまにモデルをしているかもしれないわ」

港子の自尊心が、たった今思い出したような演技をさせた。自分の恋人だった男に、モデルとつき合っている女だと思われたくはなかった。

「だろうなァ……」

翔一はなぜか嬉しそうな声を上げた。

「パーッとあそこだけライトがあたっているみたいだった。めちゃくちゃカッコいい男だった。つき合ってるのか……」

「まだ日が浅いから、すごい確証はないけれども、まぁ、つき合ってるわね」

「意外だったよ。ミナコがあんなハンサムな若い男とつき合うなんて」

「別に私だって、いつも拗ね者の作家志望とつき合ってるわけじゃないわ。きっかけがあれば、どんな人だって好きになるかもしれない」

「だけどさァ……」

翔一は携帯の向こうで言葉を探している。

「あの、こんなこと言えた義理じゃないけど、僕はまだミナコとは終わっていないと思ってる」

「あ、そうなの」

「今はごたごたがあって、あっちの彼女に惹かれてるのは事実だけど、だけど僕にはやっぱりミナコかなぁと思うんだ」

「それはどうも。でも何て答えていいのかわからないわ」

「ミナコにはもの凄く嫌なめに遭わせた。それは謝る。だけどさ、なにもあんな若いモデルのニイちゃんとつき合うことはないと思うよ」

どうやら翔一は大変な誤解をしているようだ。自分が他の女に走ったことで、港子が自暴自棄になり、見てくれだけの男を選んだと思っているらしい。

「若いモデルのニイちゃんって、それってすごく嫌らしい言い方。人を馬鹿にしてると思うわ」

「だけどさ、僕は絶対にやきもちで言ってるわけじゃないからちゃんと聞いてくれよ。ああいうモデルの男と嬉しそうにいると、ミナコ、アホっぽく見えるぜ。ああいう綺麗過ぎる男と一緒にいるのってよくないよ。まさかミナコがあんな男を選ぶとは思わなかったよ。ミナコぐらい頭のいいコなら、もっとちゃんと中身のある男にしなよ」

「ねぇ、彼に中身がないなんてどうしてわかるの」

怒りで携帯を持つ手が震えてくるほどだ。

「どうして、ちらっと見ただけの男のことがそんな風にわかるのよ」

「決まってるじゃないか。僕はひと目でわかったよ。芸能人みたいなキャップかぶってチャラチャラした男だって」

「そうよね、作家になろうとしている男の人は、さぞかし頭がよくて中身があるんでしょうね。そういう方は頭がいいから、仕事に利用出来そうな女とは、いくらブスでもすぐくっついて、それですぐ嫌になって、元の彼女のところに平気で電話かけてくるのよね。本当に中身のあるご立派な方！」

それきり携帯を切った。胸の動悸がおさまらない。泰生がつくづく可哀想だと思った。

容姿がすぐれているというだけで、どうしてこんな偏見に充ちた言葉をぶつけられなくてはならないのだろうか。高い背と美しい顔を持ってモデルをしているだけで、男たちは侮蔑の表情を浮かべるのだ。美しくない女につらいことは幾つも起こるけれども、美し過ぎる男にもつらいことは幾つも起こるらしい。

そして二日後、港子は院長からの電話を受けた。

「またリナちゃんが疲れきって来るから、いつものお願い」

「はい、わかりました」

運転する事務所の男からの連絡を受け、港子は駐車場で待った。やがて紺色のベンツがゆるゆると近づいてくる。停まるやいなや、男が降りて後ろのドアを開けた。運転手付きのベンツに乗っているにもかかわらず、中から出てきた少女は大層みすぼらしい格好をしている。ところどころ破れたデニムに、野球キャップ、古着のフリルブラウスといういでたちだ。もちろん金のかかったものに違いないだろうけれども。

「リナちゃん、久しぶりね」

笑いかけて港子は、あっと息を呑む。キャップの下から梨奈がこちらを窺《うかが》っている。その視線にはっきりとした敵意があった。

「このコは知っているんだ……」

あれほど泰生を恋い慕っていた少女だ。いち早く何かを気づいても当然だろう。

梨奈は何も言わず港子の前を通り過ぎようとする。その肩の硬さが、傷ついた心を表していた。そして風がそよぐように言葉が聞こえた。

「ふん、おばさんのくせに……」

梨奈であった。

「信じられない。こんなおばさんとさ」

どうやら泰生は侮蔑され、自分は憎まれているらしいとわかった。

13

港子のまわりで、許されない恋など聞いたことはない。

不倫というのは、自ら選び出した不幸のようなものだから、この許されない、といううちには入らないだろう。今どき〝身分違い〟などという言葉を聞いたこともなかったし、たいていの結婚や恋愛は親も許してくれる。

そもそも、うんと条件の悪い男と結婚する女など、港子のまわりには誰もいない。学生時代は、音楽をやっていたり、高卒のフリーターという、ちょっと変わった嗜好を持っていた友人たちも、学校を出たとたん、軌道修正をしていくようだ。

そしてきちんと自分と釣り合った相手を見つけ結婚していく。その巧みさときたらいつも港子は舌を巻いてしまう。

「いったいあの人、どうするつもりなんだろ」

などとささやかれていた同級生が、結婚披露宴の時には、恋人とは違う男、歯科医や商社マンといった男と腕を組んで幸せそうにバージンロードを歩いてくるのだ。

三十過ぎて結婚しない同級生も何人かはいるが、恋人がいないか、恋人がいても、二、三年後まで結婚を待つ、というケースばかりだ。おそらく、港子のようにおかしな恋愛をしている者はいないだろう。相手が年下とか無職といったレベルではない。自分の親たちの敵の子ども、正真正銘の「許されない恋」なのである。

ロミオとジュリエットの時代ではないから、賢明な選択をしなくてはならない。いちばん賢いのは、泰生と別れることだろう。そのくらいのことは港子にもわかっている。

大学院生といっても泰生は学生だ。学生との恋は、卒業と同時に自然消滅というのが、まぁ世の中の常識であろう。港子の心づもりとしては、あと一、二年かなぁと思っているが、それまでは離れられない。

泰生との恋は、今までのものとはまるで違っている。かつてないほどの切実さがあるのだ。そして切実さはせつなさと同じものだということを港子は知った。

不倫をしている友人は、よくこう言ったものだ。

「好きな時に会えなくってさ。それでもね、ようやく時間をつくってやっと会えたとするじゃない。もう胸がいっぱいで涙がポロポロ出てくるのよ。こういうのを〝せつない〟っていうんだわ、って初めてわかったわね」

その時港子はまだ室田さんに出会っていなかった。そしてそんなに不倫がいいものなら、一回ぐらい短い間にやってみるのもいいかなぁと考えたりしたものだ。

けれども妻子持ちの室田さんとつき合うようになっても、その「せつない」感情はなかなかやってこなかった。くだんの友人に話すと、

「それはさ、港子が本気じゃないからよ」

と冷たく言われたものだ。

「あのさ、港子みたいに功利的にクールに不倫してるコ、この頃多いけど、私、どうかと思うわ。こっちも本気になって、あっちにも本気になってもらう。そんなんじゃなきゃ、わざわざ奥さんのいる人とつき合うことはないんじゃないの」

あんなひどいことを言った友人に、今の港子の恋を見せてやりたいと思う。

これがもし露見することになったら大変なことになる恋。泰生の母親は、港子の母親が原因で自殺未遂さえ起こしているのだ。

「どうせ本気じゃないのよ。見せつけてるのよ。そういう女なのよ」

と母のゆかりは言うけれども、とにかく死を決心しかけたことは確からしい。もし彼女が、

自分と息子とのつき合いを知ったらどうなるだろうか……。ここで港子は本当に背筋が寒くなる。かつて見たホラー映画のシーンが浮かんでくるほどだ。

ある日突然、女が待ち伏せしていて刃物で切りつけてくる……。その前にもの凄い脅迫状が届く……。

「あぁ、いやだ、いやだ」

声に出して言ってみる。が、そうかといって泰生と別れようという思いは、これっぽっちも浮かんでこないのだ。

「どうせ別れるのだから」

と言いわけしている自分がいる。期間限定つきなんだから、もうちょっと、もうちょっとだけ……。そしてこの言いわけが、室田さんの時と同じことに港子は気づいた。

どうしても話したいことがある。電話では話せないことなので家に寄ってほしい。母のゆかりからの留守電を聞いた時、港子は大きなため息をついた。

自分と泰生のことがばれたわけではあるまい。ゆかりがあらたまって話があると言ったら、大月との仲に何らかの進展があった、ということだろう。

「とにかく、あっちの方で勝手に動かないで欲しいのよ」

と泰生にこぼすと、

「うちの方は関係ないと思うなぁ」

と彼は言った。

「どうしてそんなことがわかるの」

「昨日、うちに行ったんだけど、お袋にそんな変化なかったもの。もしおたくのお母さんと、うちの親父の関係に何かあったら、きっとお袋のことだから様子が違ってたと思うよ」

「ふぅーん」

港子は面白くない。じゃ、と言って携帯のボタンを押した。とうに気づいていたことであるが、泰生はかなりのお母さんっ子らしい。めったに実家へは寄らないようなことを口にしていたが、どうやらしょっちゅう帰っているようだ。近い将来、港子と母親、どちらを選ぶかという選択があった時、泰生はいったいどうするつもりなのだろうか。

「僕はどんなことがあっても港子を離さない。たとえお袋が反対したって、絶対に離さないよ」

とロにすることは何回もあるけれど、その母親がもし死を口にしたらどうするのだろうか。あの母親ならやりかねない。そうしたら泰生とて、自分と別れることを選ぶだろう。そんなことをあれこれ考えると、港子はすっかり憂うつになる。だから少し不機嫌になって、実家の門を押した。

「ミナちゃん、遅かったじゃない」

出迎えてくれたゆかりは、白いカシミアのニットに、グレイのパンツといういでたちだ。ニットだから胸の形がはっきりとわかる。それがきちんと隆起していることに港子は気づく。ウエストもはっきりくびれている。中年太りからはほど遠い体型だ。こういう体を持っているからこそ、本気になってくれる男が現れたのだろうと、港子はかなり意地の悪い思いになっている。

「いつもこんなに遅いの」

ゆかりは壁の時計を見る。九時半になっていた。

「今日はちょっと気を遣わなきゃいけない患者さんがいたから、最後まで待ってお見送りしていたのよ」

「ふぅーん、あそこの院長も案外人づかい荒いわよねぇ。若い娘をこんな時間まで働かせるなんて」

港子の嘘を知ってか知らずか、ゆかりはそんな嫌味を口にしたが、どこかうきうきしたような雰囲気がある。ニットの下の隆起が、ゆかりが動くたびに上下するのがわかる。

「お腹空いてるんじゃないの。何か食べる」

「軽く食べてきたからいいわ」

母の「何か食べる」がおざなりのものだということをよく知っている。港子が本当にお腹が空いた、と言ったらピザでもとるつもりなのだ。

「それよりも用事って何なの。人を呼び出しといて、早く言ってよ」

「あのねぇ、私、離婚したのよ」

「ええっ」

リ・コ・ン、という三文字が港子の頭の中で大きくはじけた。

「パパと?」

その質問がなんと馬鹿げたものだったか後で思い出すことになるのだが、港子がその時とっさに思ったのは、大月との別離をゆかりがそのように表現したのではないだろうかということだった。

「パパ以外の誰とするのよ」

ゆかりは笑った。その歯の白さが、母の若さと自信を表しているようであった。

「考えてみるとね、もうだらだらと二十年以上、籍を入れていたのがおかしな話だったのよね。ほら、私、あちらといろんなことを考えているじゃない」

あちら、というのが恋人の大月だということはすぐにわかる。いろんなこと、というのは既に聞かされていた、二人が一緒に暮らすということに違いない。

「あちらとも話したんだけど、W不倫なんて言われるよりも、ただの不倫の方がマシかなって……」

母はここで少し照れた。

「まぁ、二人で話し合ったわけよ。少しでも事態が好転するように頑張ろうって。あっちの離婚はどのくらいかかるかわからない。だったら、私の方だけでもすっきりさせようかなーっていうことになったわけ」

「そんなこと聞いてないわ」

港子は叫んだ。突然猛烈な怒りがこみ上げてきたのだ。幼い時の記憶が、まるでフラッシュバックのように浮かんでくる。

あれは小学二年生の時だ。同じクラスの子に言われた。

「港子ちゃんのパパとママって、ベッキョしてるんだって。仲が悪いから別々に住んでいるんでしょ」

こんな言葉はしょっちゅうだったが、いちばん強烈な思いをしたのは中等部の時だ。

「うちのママが言ってたわ。港子のママってとても計算高いって。お父さんのお金使えなくなるから、ずーっと我慢して離婚しないんだって」

運動会やバザーの時だけやってくる父を、みんながどんな風に見ていたか知っている。離婚した父親は何人かいたけれども、港子の父のような「中ぶらりん」は珍しいのだ。

けれども子どもの頃からずっと港子はそれに耐えていた。いや耐えるというほどのことではなく、その状態に慣れていた。そしてその状態はずうっとずうっと続くものと信じていたのではなかったか。

「私、離婚なんて、ひと言も聞いてないわ。それで、パパの方もいいって言ったの」

「そうよ。そうでなきゃ離婚出来るわけないでしょ。今朝ニューオータニのコーヒーハウスで会って、一緒にパンケーキ食べながらハンコ押してもらったわ。あの人も、あっけないもんだなぁ、なんて笑ってたけど、とにかくそのまま離婚届を区役所の出張所に持っていったわけ。本当にあっけないお別れだったわね。それで、ま、一応、ミナちゃんにもご報告しようと思ったわけ」

「そんなの勝手よッ」

港子は思わず傍のクッションを投げた。それは右側の壁にあたり、ゆかりのトルコ土産の小さなタペストリーを大きく揺らした。

「どうして事後承諾なの。どうして相談してくれなかったのッ」

「ミナちゃん、どうしたのよ」

ゆかりは不思議そうな声をあげた。

「そんなにパパのこと好きだったの？　だってあなた、今まで淡々としてたじゃないの。どうして今になってそんなに怒るのよ」

「だってあんまり勝手過ぎるわよ。私にひと言の相談もないなんて」

「離婚を子どもに相談する人って、まずいないんじゃないの」

「そんなことないわ。小学生や中学生ならいざしらず、私はもう大人なんだものッ」

「だって相談したってどうなるもんでもないでしょう。もう私たちの間では決めたことだったんですもの」

〝私たち〟というのは父と母のことではない。母とあの男のことなのだ、と思ったとたん、港子の怒りは頂点に達した。

「どうしてママって、いつもそんなに勝手なの。色気違い、サイテーよ」

「なんですって」

「おかげで私の人生めちゃくちゃじゃないの。もうダメよ。ママが離婚したおかげで、ますます悪い方向へ行くのよ」

「何言ってるのよ。そりゃあ離婚したのは聞こえのいいことじゃないけど、ミナちゃんの人生めちゃくちゃにするほどのことじゃないでしょう」

「それがあるんだってばッ」

あぁ、駄目だ。すべてのことを告白してしまいそうだと思ったとたん、怒りの勢いでするりと口から出てしまった。

「だって私は、大月泰生とつき合っているんですもの」

「大月泰生って……、まさか、まさかね……」

「そうよ。ママの恋人の大月さんの息子よ」

「ご冗談でしょう」

ゆかりは妙にゆがんだ笑顔になった。

「どうしてあの人の息子と、あなたがつき合う、なんてことがあるのよ……」

「父と別れさせてくれって、彼が言いにきたのがきっかけよ。最初はイヤな奴、と思ったんだけど、いろんなことがあって私たち、恋人になったの。今、本気で私たちつき合ってるんだから」

「まさか、まさか、本当のことじゃないでしょう。ミナちゃん、ママを困らせようとしてそんなつくり話してるのよねぇ。そうよねぇ、そうに決まってるわね」

「いいえ、本当よ。私と泰生は愛し合ってるの。ちょうどママとあの人みたいにね」

港子とゆかりは向かい合った。白いニットの胸が激しく上下している。なんてイヤらしいと港子は思った。いい年をして、こんなに胸を強調する服を着ているなんて……。

「ミナちゃん、あなた騙されてるのよッ」

悲鳴のような声だ。

「前にも言ったでしょう。あの顔がいいだけのマザコンの息子は、母親と組んで悪企《わるだく》みしてるのよ。ミナちゃんと恋人になれば、母親の私が諦めてあの人と別れると思って、それで近づいてきたのよ」

「最初はそういう気持ちがあったかもしれないけど、今は違うの。私たち、愛し合ってるの、本気で」

「だったら別れなさい、別れるのよ」

「なぜ別れなきゃいけないの。ママは勝手よ。自分が大月さんと暮らせなくなるからでしょう。だから嫌なのよ。ママこそ別れなさいよ。そうしたら私は、堂々と彼とつき合えるんだもの。だいたいさ、五十過ぎて男の人とつき合うなんて気持ち悪いわよ。ママが別れてよ」

「いいえ、あなたが別れなさい」

ゆかりは港子を睨んだ。細くアイラインの入った目。かすかに瞼が弛んでいる。こんな目を持つ母親と自分とが、どちらが恋人と別れるかで啀《いが》み合っている。そのおぞましさに、港子は背筋が寒くなってくる。

「私と大月はもう長い仲なの。人生最後の人と決めている。私たちはもう若くないから、これからの人生、本当に好きな人と暮らそうと決めたのよ。それにあなたが割り込むことは出来ない。あなたが私に譲らなきゃいけないのよ」

「もし嫌だって言ったら！」

「親子の縁を切るしかないでしょうね」

「バッカみたい！」

港子は大声で笑い出したいような気分になってくる。こんなおかしな親子喧嘩をしてる人間がいるだろうか。おかしい、絶対におかしい。

「ママは、娘の幸せを考えないのね。娘より男を取るっていうこと？　自分は男を諦めないで、そのくせ親子の縁を切るんですって。あー、おかしい、笑っちゃう。娘より男の方がそんなに大切なのね」

「黙りなさい」

頬に熱い痛みを感じた。生まれて初めて、平手打ちというものをされた。それも実の母親から。

気がつくとコートを置いたまま、家のドアを閉めていた。十メートルほど逃げるように小走りになり、本当に寒いと思った。タクシーが走っている。手を上げて止めた。行先を告げるやいなや、携帯のボタンを押した。しかし留守電のテープが流れ出した。最後まで聞かずメールを打った。

「いますごい親子喧嘩をした。もうイヤ、本当にイヤ、こんなこと。母と娘がとんでもないことで争ったの。もう泰生と別れるしかないみたい」

間髪を容れず、という感じで電話がかかってきた。

「いったい何があったんだ。今すぐミナのところへ行く。説明してくれ」

「もう来ないで。お願い」

「もうバイクに乗ってる。今、駒沢通り曲がるとこ」

「だから来ないでってば」

「行くよ。それに」

突然電話が途切れた。どうやらバイクの運転をしながら携帯をかけていたようだ。危ないことをしていたことに気づき、携帯を閉じたのだろう。それならばいいのだけれども。

やがてタクシーは港子の住むマンションに近づく。もうじき駒沢通りだ。後ろからサイレンの音が聞こえる。タクシーの運転手は片側に寄って、救急車を通した。

「どうやら事故みたいですねえ……」

港子は携帯のボタンをもう一度押す。何の反応もない。

「まさか、まさか……」

つぶやいていた。

14

港子の携帯に男から電話がかかり、泰生の父親と名乗った。

「とにかく病院には来ないでください」

「それで、泰生はどうなってるんですかッ」

父親に向かって、息子を呼び捨てにしてしまったが仕方ない。母のゆかりを通じて、おそらく港子と泰生とのことは聞いたに違いなかった。そうでなければ電話がかかってくるはずはない。

「命に別条ありません」

「そうなんですよね」

事故直後、泰生の後輩に電話をし、彼から泰生の母に様子を聞いてもらっていたのだ。そうでなかったら、丸二日、ふつうの精神状態ではいられなかった。

「右脚が複雑骨折しているけれども、それも何とかなると思います」

「よかった……」

安堵のあまり、涙が出てきそうになる。

「あの、私がいけないんです。母と喧嘩して彼に電話して、それですぐに来てくれようとしたもんで。だから私のせいなんです……」

「いや、そんなことはない。彼のバイクについては、私もかねがね注意していましたからね」

ぞっとするほど冷たい声だ。大人の男が平常心を保とうと努力しながら喋ると、よくこんな声になる。室田さんが二、三度、携帯でビジネスのことを喋っているのを聞いたことがある。その時がこんな声だった。

「それでですね、港子さん、絶対に病院に来ないでください」

「……」

「家内がずっと詰めていますし、彼女は今度の事故のことで、おとといは半狂乱になっていました。今はやっと落ち着いたところです。それなのにあなたが現れたら、いったいどういうことになるか、おわかりですよね」

最後の脅すような口調が気にかかった。母は本当にこんな男を好きになったんだろうか。

「でも大月さん」

港子は〃オオツキ〃という名字を注意深く発音した。泰生の名字と同じだ、ということにあらためて感慨がある。

「私が行ったとしても、私のことは誰だかわからないんじゃないですか。たくさんいるガールフレンドのひとり、って思うんじゃないかしら」

「港子さん……」

しばらく沈黙があった。

「あなたにこんなことを言いたくないけれど、妻はあなたの顔を知っているはずです。最初から興信所を使って、あなたのお母さんはもちろん、あなたの写真やプロフィールも手に入れているはずですよ」

「まさか」

「いや、恥ずかしい話ですが、家内はそういう女です。だから、ゆかりさんからあなたと泰生のことを聞いた時、ひっくり返るぐらいびっくりしました。驚いた後で、どうしてそのことを家内が気づかなかったんだろう、と思いました。たぶん興信所は今頼んでいないのか、もしかすると、あなたまでは手がまわっていないのかもしれません。とにかく、家内はあなたの顔を知っているはずです。だから絶対に来ないでください」

そして電話は切られた。港子はしばらくぼんやりしている。涙は出やしなかったが、自分はとことん孤独だと思った。

大喧嘩をし、平手打ちをうけてから、母のゆかりには全く連絡をしていない。する気にもなれなかった。自分の恋と、娘の恋のどちらかを選ぶとなれば、

「親子の縁を切るしかないでしょう」

とまで言い切った母なのである。あの時のことを思い出すと、大きな嫌悪と悲しみが港子を襲う。母の白いニットの隆起は、まだ形を保っていた。母にはそれを触れさせる男がいる。そしてその男としっかりと手を携えているのだ。今、かかってきた電話にしても、大月と母はあれこれ相談したに違いない。

「娘には呆れたもんだわ。あなたの息子とつき合うなんて、いったいどういう神経なのかしら」

「僕たちのことを妨害したいのかもしれない。とにかく若い二人を刺激しないようにしてうまくやっていこう。とにかく今、病院に来させないことだな」

そんなやりとりが想像できて港子は呼吸が荒くなる。全くどうしてこんなことになってしまったのだろうか。

泰生とのことは自分で選んだことだ。人に非難されても仕方ない。けれども驚いたのは、母

が諦めなかったことだ。

きっと自分は、心のどこかで期待していたに違いない。母のゆかりは、泰生とのことを驚き嘆くけれども、最後はこう言う。

「それじゃ仕方ないわね。子どもたちがそうなってしまった以上、親同士が今さら、恋や愛でもないでしょう」

それなのに母はそうしなかった。

「五十歳を過ぎているくせに！」

突然母への激しい感情がわく。それは憎しみといってもいいほどのものだ。もしかしたら、これは形を変えた三角関係ではないだろうか。大月は父と息子とでひとつの単位、ひとりの男となっている。それをめぐって、母と娘は争うはめになってしまったようだ。

いったいどうしたらいいんだろう。

港子は思いをめぐらす。泰生に会って、今のこの苦しみを打ち明けたい。が、彼は入院中だ。どうやらたいしたことはないらしいが、傍で母親が見張っている。ここ当分は見舞いに行くことも出来ないだろう。

大月と母の計画は少しずつ読めてきた。泰生の交通事故をきっかけに、港子を遠ざけようとしているのだろう。

あぁ、私はひとりぼっちだと港子は思い、そして父親のことを考えた。父は今頃どうしているのだろうか。母のゆかりが言うには、のん気にパンケーキを食べながら判をつき、

「離婚っていうのは、案外あっけないもんだなぁ」

と言ったという。たぶん父ならそんなことを言うだろう。父の慎二《しんじ》は昔から、いろいろなアクシデントを他人ごとのように見るところがある。ふつうの人だったら、顔色を変えて怒るようなことも、

「あ、そう。へぇー」

と軽く受け流してしまう。

「何ごとも本気で取り組まないのよ。そういう男の人なのよ」

いつかゆかりが言った言葉を思い出す。

が、今の港子が頼れるところといったら、父のところしかない。携帯の番号を押した。ややあって、慎二の声がした。

「お、ミナちゃん、久しぶりじゃないか」

「パパこそ……。ママから聞いたわ」

「そうなんだよなぁ」

意外なことに、父は大きなため息をついた。

「この年になって、女房に三下り半をつきつけられるのはつらいよ。今、流行りの熟年離婚っていうのは、男にとっちゃつらいよなぁ」

「よく言うわよ。二十年以上も別居していた人が」

「それがね、別居と離婚っていうのはあきらかに違うんだよ。僕もつくづく馬鹿だなぁと思うんだけど、心のどこかで甘えていたんだろうなぁ。年とれば、いつかわかり合える日がくる、いつか一緒に暮らせる、なんて。まぁ、笑っちゃうような話だけどね」

「どうしたの……、すっごく殊勝になってしまって」

「ミナちゃんもさ、僕の年になればわかるよ」

「やめてよ、そんなみじめったらしい言い方。ママの方は同じぐらいの年なのに、今度再婚するんだ、って本気で頑張ってるわよ」

「あぁ、でもね、あんな風にハッチャキになって男を追いかけるのは、あの人に似合わないような気がするなぁ。娘時代から知っているけれども、あの人ぐらい、男を追ったり、男に尽くしたりするのが似合わない人もいないと思うよ」

「そうなの」

「といっても、この二十年の変化を詳しく知っているわけではないけど」

父と子はそこで低く笑った。

「あのね、今、大変なことが起こったの。私の彼が交通事故に遭ったのよ」

「そりゃ大変だ。大丈夫なのか」

「うん、脚を骨折したぐらいらしいんだけどすごく心配なの」

「そりゃそうだ」

そのあいづちがいかにも不自然だが、それも父らしいと言えないこともなかった。

「パパ、近いうちに会えないかしら。会って話したいことがあるの。なぜ彼が交通事故に遭ったのか、っていうことを話したいのよ」

「わかった。来月のはじめには日本に帰るから、そうしたら会おう」

「帰るって……。今、日本じゃないの」

「台湾だよ。台湾ぐらいだと、携帯かけてきてもわからないだろう。ちょっとややこしいことがあっておとといから来てるんだけど、来月には帰る。そうしたら会おうよ」

「わかったわ……」

いつも肝心な時に父がいたことがないと港子は笑った。笑いながら心が冷えていく。これは苦笑というものなのだろう。本当に自分はひとりだと思った。

事故があった日から二十日間がたった。港子はもう平静ではいられない。泰生から何の連絡もないからだ。脚を骨折していて動けなかったとしても、泰生のことだ、病室からこっそり携帯をかけるぐらい何でもないだろう。いつも母親が傍にいるとしても、二十四時間いるわけでもない。いったいどうして泰生は連絡をしてこないのだろう。

もしかすると、ことはもっと重大なのだろうか。脚の骨折よりももっと深刻なこと、たとえば頭を強く打って、意識が戻らないとか、そうしたことがあったのではないだろうか。

あれこれ考えるせいで、仕事のミスを幾つかしてしまった。馴染みの女優のボトックス注射の時に、他の顧客の予約を入れてしまい、これには慌ててしまった。急きょ別の若い女性医師を担当させたのであるが、顧客の方にねちねちと文句を言われてしまった。

女優を裏口に送ってすぐ、港子は院長室に戻り携帯を押した。すぐに留守番テープがまわり出した。学生のくせに、どうしていつも留守電ばかりだろうと港子はいらいらしてくる。

結局彼から電話があったのはその日の六時過ぎだ。

「あ、出口君、どうしたのよ」

「いやぁ、今日はずっと講義でした」

「でも休み時間ってものがあるでしょう」

「それが、こういう電話って、そこいらに人がいる時に気楽に出来ないでしょう」

「そりゃそうだけどさ」

出口は大学院で泰生の一年後輩になる。泰生が弟分のように可愛がっていて、二度ほど三人で会ったことがある。自分との交際をとても用心していた泰生が、唯一心を許していた相手だ。

あの夜、タクシーで駒沢通りまで戻り、見憶えのある泰生のオートバイを見た時、泣きながら出口に電話をした。彼は、その日のうちに自宅に帰っていた泰生の母から、命に別条はない、という言葉を聞いてくれたのである。

「それで泰生の具合はどうなの。ねぇ、脚を折っただけっていうのは本当なんでしょう」

「ええ、僕もそういう風に聞いていました。だけど」

「だけどどうしたの」

「どうも様子がおかしいんです」

「おかしいってどういうこと」

「ゼミの仲間で見舞いに行こう、っていうことになって、一応お母さんに聞いてみたんです。そうしたらまだ来ないでくれ、絶対に来ないでくれって、もの凄く強い調子で言われたんです」

「それって、すごく悪いことじゃないの。脚を折っただけじゃなくて、頭を打ってるとか、腰をやられたとか……」

「それがおかしいことに、大月さんから電話を貰ったものがいるんですよ」

「何ですって」

「僕たちが今、共同研究しているものがあって、その最後の詰めのレポートを大月さんがしてたんですね。それをどうしたらいいんだろうって、一時期てんやわんやだったら、二日前、三浦さんっていう大月さんと組んで研究してた人のところに、電話があったっていうんです」

「それ、本当なの。本当に泰生からの電話だったの。間違いじゃないの⁉」

「三浦さんは、大月さんと学部の時からの友人だから、声を聞き違えるはずはありませんよ。それで三浦さん、お前大丈夫なのか、ケガは平気なのかって聞いたらしいんです。そうしたら」

「そうしたら……」

「ケガは大したことない。頭も大丈夫だ。だけど当分大学には行けない。当分みんなには会えないかもしれないって」

「それってどういうことよ」

港子は叫んだ。

「ケガは大したことないのに、どうして当分大学へ行けないの。それよりも、どうして私のところへ連絡してくれないのッ」

「僕にだってわかりませんよ」

出口はおろおろしている。

「大月さん、とにかく研究の要点だけ言って電話を切っちゃったそうです。必要なものはお袋に届けさせるって」

「それってどういうこと、本当どういうことなのよ」

「だからわかりませんってば」

港子の見幕がすごいので、出口はわからない、わからないを繰り返すだけだ。

「病院は国立第二だったわよね。こうなったら病院に聞くわ」

「そんなもの、個人情報保護の時代に病院が教えてくれるわけありませんよ」

確かにそうだ。港子はその夜、事故以来久しぶりにメールを打った。万が一彼の母に見られてもいいように、同級生っぽく装う。

「大月君、みんな本当に心配しています。元気なら元気とメールをください。あなたのメールひとつで元気になれる人は、この世にいっぱいいるのですよ」

が、返事はなかった。

15

交通事故に遭って以来、泰生からの連絡は断たれた。何度メールを打っても返事はない。それほど重傷ではない証拠に、友人のところへは電話をかけているのだ。

こうなったら病院へ直接行くしかないと港子は決心する。

泰生が入院している病院は、世田谷にあって、通りを走っていると車からよく見える。白い大きな病院を、自分とは全く無縁なものだと思っていた。だからなかなか入り口がわからなかったほどだ。ようやくインフォメーションのデスクを見つけた。

「すいません、大月泰生さんのお見舞いに来た者なんですが、何号室でしょうか」

持っていた花束を掲げるようにしながら、何もこんなに緊張することはないのにと港子は思った。

「オオツキヤスオさんですね。ちょっと待ってください」

青いコットンの制服を着た女が、パソコンを打ち出す。

「オオツキヤスオさんですね」

「はい、そうです」

「オオツキさんなら、先週退院なさいましたよ」

「え、そんな」

その時不安は確信となった。今まで電話ひとつくれないことに、港子はいろいろ理由をつくっていたものだ。病室にいるので携帯を使えないのではないのか、あるいは母親がずっとついていて、行動を見張られているのではないか……。しかし泰生は既に退院していたというのだ。それなのに恋人に電話ひとつしないということは、いったいどういうことなのだろうか。

「それで、大月さんは退院して実家に戻られたんでしょうか」

「そんなことまでは、こちらではわかりかねます」

本当にそうだと港子は思った。

帰りの電車の中で、港子は花束を膝に置いて考える。あげる人のなかった花束ほど、嵩《かさ》高くて間の抜けたものはない。心なしかバラのピンクが色褪せてみえる。港子は必死でメールを打った。

「今、どこにいるの。退院して自分の部屋に戻っているの。それだったらすぐに電話頂戴」

が、もちろん何の反応もなかった。

「仕方ない」

港子は息を整えた。

「こうなったら、彼の実家へ行くしかないわ」

確か泰生の実家は、地下鉄の代々木公園駅の近くと聞いたことがある。が、はっきりとした住所がわかるはずはない。母のゆかりに聞いてみるか。馬鹿馬鹿しい。そんなことが出来るはずがない。

港子は電車を次の駅で降りた。携帯で、子供時代からの同級生、真弓を呼び出す。彼女は中堅の出版社に勤めている。

「ねぇ、いきなりで悪いけど」

古いつき合いのよしみで、時候の挨拶をいっさい省いた。

「出版社だったら、建築家の大月雄也の連絡先、すぐにわかるでしょう」

「何よ、どうしたの。うちでも建てるの」

ふふと笑いながら、手はすぐに動かしてくれたようだ。

「えーと、港区青山三丁目……」

「それはさ、事務所の住所でしょう。私が知りたいのは、彼の自宅の住所なのよ」

「えーと、それなら紳士録を調べてあげるわ。ちょっと待ってて」

やがて渋谷区代々木の住所を口にした。

「サンキュー、恩に着るわ」

このまま携帯を切ろうとしたのだが、あまりにも愛想がないような気がして、港子は少しありきたりのことを口にした。

「本当にありがとうね。今度何かご馳走するから。元気ィ？」

「忙しくって老けるばっかりよ。それよりミナコ、若くってもの凄い美形とつき合ってるんだって。羨しいなァ」

「そうなの。これからつかまえに行くのよ」

ボタンを押した。この住所さえわかれば何とかなるだろう。

渋谷駅から表参道で乗り換え、千代田線の「代々木公園」で降りた。階段を上がると、代々木公園脇の交差点前だ。運のいいことに、交差点の向こうに交番があった。そこで場所を尋ねる。

「この通りを渡って歩いて、二つめの信号を左に曲がってください」

そこは静かな住宅地であった。マンションも多いが、ひとかたまりになって一軒家が続いている。大月の家はすぐにわかった。いかにも建築家が建てた、コンクリートの凝った建物だ。道路に面しては窓がひとつも無く、まるで要塞のようになっている。が、側面がすべてガラスになっていて、どうやらそこはパティオのようだ。

インターフォンを押す前に、港子はもう一度、自分が言うべきセリフを復唱した。もちろん「唐谷港子」などと言えるはずはなかった。これほど珍しい姓を持った家が、めったにあるはずはない。

彼の母親が出たら、にこやかにこう言うつもりだ。

「こんにちは。私、サトウと申しまして、芸大の助手をしている者です。どうしていらっしゃるか見てくるように、教授から言われてまいりました」

同級生といったら、港子と泰生の年は違い過ぎている。助手というのは、なかなかいい思いつきだと思ったのだ。

それだけは平凡なかたちのインターフォンを押す。

「はい」

男の声だ。泰生だと思ったとたん、港子のマニュアルはすべてふっとんだ。

「私よ、ここを開けて」

インターフォンに向かって叫ぶ。

「とにかく開けて頂戴」

ややあって足音が近づき、ドアが開かれる。そこに異様な格好をした泰生が立っていた。だらしなく紺色のジャージの上下を着ている。顔の半分を覆っているのは、花粉症用のマスクだ。その布の下から声が漏れた。

「お袋が留守でよかったよ」

まず泰生が口にしたのはこのことであった。会いたかった、でも、悪かった、でもない。

「まずはあがってくれよ」

「ありがとう」

ぎこちない雰囲気の中、港子は靴を脱いだ。この家はスリッパがない。これは港子の家も同じだ。ある時から母のゆかりは、家を床暖房にしてスリッパを捨てた。前からスリッパは大嫌いで我慢出来なかったという。あの頃から、母は大月とつき合っていたのではないだろうか……。

今のこの空気がたまらず、港子はさまざまな別のことを考えている。そうでなくてはとてもやりきれない。どうして泰生は、自分を抱き締めてくれないんだろう。謝罪でも居直りでもいい、どうして強い言葉を投げ与えてくれないんだろう。

それにしても変わったと、港子は先に歩く泰生の背を見つめる。入院中に背中のあたり全体に肉がついたのだろう。あれほど格好よかった、背から尻にかけての線が跡かたもなく消えている。ぶよっとした感じだ。その後ろをついて歩く。

玄関前の廊下を抜けると、やはりパティオになっていた。コンクリートだけの草ひとつ生えていない庭は、四角い箱の底のようだ。しかしその庭に面したリビングルームは、女主人の趣味らしく、明るい色のクッションやタペストリーで溢れていた。パンダが花束を持っているクロスステッチのクッションは、どう見てもこのモダンな家に対する抗議だ。

そのクッションの傍に港子は座った。茶を出すこともなく、泰生もその前に座る。向かい合って見ると、顔といわず体といわず、泰生はむくんでいることがわかった。

「どうしたの」

たまりかねて港子が言った。どこからか、穴が開き、多くのものがほとばしり出ればすべてが元のとおりになるのにと思う。

「私、死ぬほど心配していたのよ。いったいどうなってたのよ」

「悪かったよ」

泰生の声は、マスクのためにくぐもって聞こえる。

「だけど僕もさ、事故の後はしっちゃかめっちゃかでさ。ものごとを考えられるようになったのは、ついこのあいだのことなんだ」

「わかってる……」

でもね、という言葉を途中で呑み込んだ。泰生がマスクをはずしたからである。

「あっ」

思わず声をあげたが、それは声帯を震わせることなくかすっていった。泰生の顔の右半分は赤黒く変形していて、えぐれたようになっている。唇がおかしな具合に斜めになっていた。

「こんな顔になっちまったんだよォ」

投げやりでも自嘲でもない。泰生は吠えた。

「仕方ない。顔半分がぐしゃって潰れてたらしいからな」

「知らなかったわ……」

「あったり前だよ。僕だって長いこと鏡を見せてもらえなかったんだよ」

「でも、でも……」

この後に続く言葉を必死で考えた。

「でも、治るんでしょう」

「先生はもう二回ぐらい手術をするっていうけどわかるもんか」

「でも、手術をするんでしょう。だったら大丈夫じゃない」

よかった。「でも」に続く答えを相手が言ってくれた。

「手術をすればきっと元に戻るわ。絶対に大丈夫よ」

「元に戻るわけないじゃん」

泰生は港子を睨みつける。それだけは元のままの綺麗な形だ。

「こんなんじゃ、もう外には出られないよ」

「どうしてそんなこと言うの、おかしいわ」

港子は少しずつ、年上の女の分別を取り戻しつつある。今、ここで泰生を励まさなくてはならない。そうでなかったら、自分たち二人の仲もこの場で壊れるに違いない。

「そりゃあ、今までどおりにモデルのお仕事は出来ないかもしれないわよ。だけどね、あなたの本業は学生で建築家になることでしょう。だったら何の支障もないじゃないの」

「あるに決まってるだろう」

彼はもう一度港子を睨む。まるで目の前に座っているのが自分の運命であるかのようにだ。

「こんな顔で生きていけっていうのか。仕事だってきっと来ないし、女にだって相手にされないんだ」

「まさか」

港子は笑った。笑うふりをした。

「今、急に泰生がマスクを取ったからちょっとびっくりしたけど、そのままだったら、あぁケガをしたっていう程度よ。それに手術をしたらずっとよくなるはずだしさ」

「そんなこと、どうしてミナコにわかるんだよ」

「わかるわよ。世の中ってそういうもんじゃないの」

今度はうまく笑えた。

「泰生みたいなもともとハンサムが、ひどい顔になるわけないしさ。それに私がいるわ」

泰生の顔をじっと見つめる。何度もキスをした清い美しい形の唇は、ひきつって白く乾いていた。

「私がいるわよ。泰生がどんな顔になっても関係ない。ずうっといるから。本当だから」

口に出してから、それは心の底から出た本当の言葉だろうかと港子はちらりと考える。


母のゆかりからメールが届いた。あの大喧嘩以来、母とは会っていない。たまにメールが届くぐらいだ。

「あちらとしばらくイタリアに行ってきます。ローマで大きなコンペがあるついでに、シチリアまで足を延ばすつもり。あちらの息子さん、なんでも大ケガをしたんですってね。そのことをとても気にしているけど、あまり心配しても仕方ないって慰めているの」

母のしぶとさに港子はつくづく感心してしまう。こういう強さと鈍感さがあるから、五十を過ぎて人の夫と結婚しようなどと思うのだろう。母と娘が、もう一組の父と息子をそれぞれ愛してしまった。それも複雑な情況でだ。どちらかのカップルが別れなければ、もう一組のカップルは決して幸福になれない。そのことで、母と娘はおぞましい争いをしたのだ。ふつうだったら母の方が、娘のために身を退くのではないだろうか。そうでなくとも深く傷つき、悩むに違いなかった。

けれどもゆかりは、決して諦めようとはしなかったのである。

港子は母に返事をするのをやめた。今どんなことを言っても皮肉になりそうだ。その代わり、泰生の携帯に二度にわたって長いメールを打つ。

「今、何をしているの。この頃またTELがなくなって、とても心配しているの。二度めの手術が近づいて不安になっているのはわかるの。だけど私にはちゃんと連絡して。ちょっと顔が変わったからって泰生は泰生よ。何の変わりがあるわけじゃないわ。私は泰生の中身が好きになったんだから、外のことなんてまるっきり関係ない。だって、泰生のわがままでゴーマンなところも、ちょっと神経質なところも、ホントに好きだから」

メールを打ちながら、港子は自分の身に起こった運命の不思議さにぞっとしてしまう。神さまは時々、とてつもない悪戯をするのではないだろうか。

ずっと美容整形クリニックに勤めてきて、たくさんの女たちにこう言ってきた。

「外見が中身をつくり変えるっていうのが、うちの院長の信念なんですよ。お顔の悩みのコンプレックスって、人を本当に暗くしますものね。私どもは、そのコンプレックスがなくなることによって、まるで別人のように明るくなった方を何人も見ています。本当にその変わりようときたらすごいものなんですよ。人間は中身っていう言葉、私はまるっきりの嘘だと思いますね。だって中身は外側によって成り立っているんですものね」

その自分が、正反対のことをこうして毎日言葉にし、メールに打ちつけているのだが本当のことはまだわからない。わかっているのは、どんなことをしても泰生を失いたくないということである。

返事は夜遅く来た。

「今日、久しぶりに渋谷まで出かけた。だけどまだマスクをはずせないよ。今はまだ花粉症の季節だからいいけど、夏になったらどうなるんだ」

「大丈夫。約束しましょう。二度めの手術の後、マスクをはずして渋谷へ行こうよ。その時は必ず私が一緒に行くから。腕を組んで行くから。絶対だよ」

そして七月にカレンダーが変わった時、泰生からメールが来た。

「今度の日曜、うちからぶらぶら歩いていく。どこかで待ち合わせしないか」

「わかったわ。公園通りに素敵なカフェが出来たからそこでお茶して、歩いて道玄坂の渋東タワーへ行こうよ。映画何やってるか調べておく。二時に東武ホテルのロビーで待っていて」

時間どおりに行くと、マスクをまだしたままの泰生が立っていた。何ヶ月も会わないうちに、体はだいぶすっきりしている。病み上がりのむくんだ感じはないが、体全体からは以前のシャープさは全く消えていた。事故に遭う前の泰生は、Tシャツとデニムというシンプルな格好をしていても、街を行く人々の目をひいた。脚の長さもさることながら、体がまっすぐ伸びて動くたびに小気味いいリズムをつくっているようだった。

「やっぱりしてきちゃったよ」

くぐもった声がした。

「ダメよ、ちゃんと取らなきゃ」

港子はそう言って、やさしくマスクをはずした。黒い傷跡の線は消えていたが、右半分の赤黒さはそのままだ。肉はかなり盛り上がっているが、その分、目の下がひきつれたようになっている。

「元どおりとはいわないけど、すっごくよくなってるわよ」

「そうかな……」

「本当だってば。さぁ行こう」

港子は腕を泰生の肘にからめた。やはりそこには肉がついていて、このやわらかさはかつての泰生にはなかったものだ。

二人で歩き出す。これは自分に対する試験だと港子は心を決めている。

かつて泰生と一緒に歩くと、たいていの女たちが視線をこちらに向けたものだ。泰生の背の高さと美貌は本当に目をひいたのだ。今の泰生は別の意味で、人々の注目を浴びるに違いない。自分ははたしてそれに耐えることが出来るのだろうか……。

ホテルを出て、コンビニの前を通る。日曜の午後とあって、若いカップルでいっぱいだ。しかし繁華街を歩く若者たちは、自分たちの幸せだけに関心があるようだ。とりたてて泰生の顔を凝視したりしない。

ただ二人連れの若い女が、すれ違う時、気味悪気にこちらを見た。それもちらりという程度だ。どうやら都会人の無関心さというのは、顔に傷を負った者には優位に働くようだ。

「よかったよ」

交差点の前で泰生はささやいた。

「お化けー！　とか騒がれるかと、ずうっと心配してたんだ。だけど時たまちらっちらっと見られるぐらいだ。これなら何とか耐えられそうだよ」

本当にそうねと港子は言い、その声のそらぞらしさに思わずぞっとした。

「私って、いったい何を考えているんだろう」

16

港子は思う。自分はとても嫌な女なのではないかと。いや、嫌などころではない。血も涙もなく、最低の女というのは自分のことを言うのではないだろうかという不安さえわいてくる。泰生のことが愛せなくなったのだ。彼の顔が傷つき、だぶついた体になってからというもの、もう以前のような気持ちにはなれないような気がするのだ。

これを港子は、職業上の弊害ではないかと判断をくだした。ずうっと美容整形のクリニックに勤め、女たちには説いてきた。外見より中身などということがいかに嘘っぱちかということをだ。中身は外見によって支えられている。コンプレックスを無くし、アンチエイジングをすることが、人の心をどれほど明るく前向きにするか。

「くよくよなさるぐらいなら、施術を受けられた方がいいと思いますよ」

よく港子は言ったものだ。

「やっぱり若く美しい方っていうのは、それだけでまわりを明るくしますもの。本当にそう思います。うちにも女優さんがよくいらっしゃるけれども、素顔でも本当にお綺麗。そんな時はクリニック中が、うきうきと楽しい気分になります。美しい方って本当に善ですよね。私たち、そう思ってこの仕事をさせてもらってますの」

あれらの言葉を口にする時は、本心からそう言っていた。美しいことは善だとその時は心底思っていた。けれどもプライベートな時には、友人たちには言っていたものだ。

「私、男は顔で選ばない。いくら綺麗な顔をしていても、ホストみたいなのとはつき合わないと思うわ。私、こういう仕事しているからこそ、男は本質を見るの。自分でもそういう力はあると思ってる」

泰生を恋人に持った時、港子は友人の何人かに冷やかされたものだ。年下のあんな美しい男とつき合うなんて、やっぱり面食いじゃないの。男を顔で選んでるじゃないの。

そんな時、港子は毅然として答えたものだ。

「私、もちろん彼の外見も好きだけど、性格が大好きなの。わがままで男っぽくて、傲慢で繊細なところが、なんともいいのよ」

今、港子は神さまから試されていると思った。恋人の中身を愛したのだと、お前は言いきったではないか。それならば中身はそのまま、外見はうんと変えてやろう。それでもお前は、この男を愛し続けることが出来るのか……。

「出来る」

と港子は昂然《こうぜん》と顔を上げた。

あの渋谷の街を一緒に歩いた時から、自分は心に決めた。これからはずっと泰生を支えてやろうと。彼に自信を与え、そして意欲を出させるのだ。もうモデルの仕事は無理としても、彼本来のめざしているもの、建築の道を頑張らせよう。そうだ、自分は泰生を変わらずに愛している。愛せるはずだ。そうに決まっている。

その実験として、港子は泰生とベッドを共にすることにした。港子からメールで、自分の部屋に来てくれるように誘ったのだ。

事故に遭うまで、泰生はよく港子の部屋に泊まっていった。そしてたちまち港子は泰生とのそれが大好きになってしまった。それまでは室田さんとのセックスが最高と思い、お世辞もあったけれども、時々そのことを口にしたものだ。

「奥さんもいるオヤジだけど、やっぱりこういうことをしていると別れられないと思うの」

この言葉は室田さんをいたく喜ばせた。泰生には室田さんのような大人のテクニックはまだない。しかし若さで押してくる。それは、とても楽しく気持ちよかった。それに何といっても、心から好き合っている者同士だ。室田さんの時は、その最中、いつもちょっぴり影がさした。

「奥さんがいるしなー。それに他にも若いコとつき合っているんだろうなァー」

けれども泰生との時は、そんなことはいっさい考えなくてもよかった。ただ「好き、好き」と体と心をぶつけていけばいいのだ。

「寝さえすれば」

と港子は希望を持った。またあの頃のような気持ちに戻れるかもしれない……。

しかし結果はどうだったろう。泰生の顔のことは考えないようにした。目をつぶっていれば何も見えない。けれどもいつものように、男の裸の背に手をまわした時、その手触りが以前とはまるで違うことに港子は気づいた。

前の泰生の背は、つるりと冷ややかで硬かった。ほどよく筋肉がのっていて、港子はそれに軽く爪を立てたりしたものだ。けれども今の泰生の肌に、指の先は埋まってしまう。あきらかに肉が弛んでいるのだ。暗闇の中、港子の爪がまるで動物の触覚のように伸びて、恋人の変化をつかんでいた。

「前とは違う、こんなんじゃない……」

そして港子は初めて演技をしてしまった。とてもいいの、と叫んだのだ……。

しかし港子の心の動きを、泰生が気づかないはずはなかったろう。泊まらずに、港子の部屋から帰った夜、泰生はこんなメールを寄こした。

「やっぱりもう無理なんじゃないかと思うんだ。僕の気持ちはちっとも変わっていないけれども、ミナコが変わったんなら仕方ないことだと思う」

「そんなことない」

港子は必死でメールを返す。

「ヤスオがなぜそんなことを言うのかわからない。私の心は少しも変わっていない。ただちょっととまどっているところはあるけれども、それはすぐに慣れるはず。お願い、もう少し待って。私、心からヤスオのことを愛しているのは本当なのだから」

いったい何のために、自分はこれほど気を遣っているのだろうかと港子は考える。泰生を傷つけたくないためか。それとも、自分がいい人でいたいためなのか。そのどっちもだろう。

心がすれ違っていく恋人たちがよくするように、港子もいろいろとイベントを提案した。

「ねぇ、伊豆にドライブしない。あそこに前から行きたかった旅館があるの」

ひと部屋ごとに露天風呂があるその高級旅館は、学生の泰生はもちろん、港子の年齢でも贅沢過ぎるものだ。けれどもそこでゆっくりとしたいと思う。多少のお金は仕方ない。たぶん、そうやって自分は人混みを避けようとしているのだと港子は後ろめたい気分になる。

案の定、泰生はあまり乗り気ではなかった。

「まだそんな気になれないんだ……。それに……」

ちょっと言葉を区切った。

「背中や太もものところの傷がまだ残ってるもんなァ」

「そんなの大丈夫」

港子は元気づける。電話ならば、言葉はぺらぺらといくらでも出てくる。

「部屋ごとの露天風呂なのよ。他のお客さんはいないの。だから気がねなく、ゆっくりお風呂に入れるんだから。あの旅館、出来たばっかりだけど、いろんな雑誌に載ってすごい人気なのよ。〝なんちゃってアマン〟っていう感じはなきにしもあらずだけど、アジアンテイストでさ、インテリアが本当に素敵。ヤスオと二人で、いつか行きたいなぁと思っていたの」

その言葉に嘘はない。その旅館は、外に面したテラスに露天風呂があり、ガラス一枚へだてたところがベッドルームだ。大きなダブルベッドは、白くて清潔だった。寝具もしゃれている。風呂からベッドへと往復し、裸の泰生とふたりじゃれ合ったらどんなに楽しいだろうかと港子は想像し、ひとり顔を赤らめた。が、それはすべて事故の起こる前のことだ。

いずれにしても、その旅館に港子は行かなくてはならない。あの時に願ったことを、今願わないのは、とても卑怯なことではないだろうかと港子は考える。だから行くことにした。

よく晴れた日が続いている。連休に出勤していた代わりに、港子は三日間休みをとった。泰生はごくふつうの国産車で迎えにきた。今日は深くキャップを被っている。まるで芸能人がよくやるような深い被り方だ。以前の泰生だったら、確実に「誰だろうか」と凝視されたろう。しかし今は体もだぶつき、顔の線も崩れている。今の泰生を見て、「芸能人の誰かかもしれない」と思う人はいないはずだ。

しかし泰生の声は明るい。

「あの旅館さ、インターネットで調べてみたら、超高級ラブホテルじゃないか。カップルにお勧めって書いてあったぞ」

「でも、夕食にすごい懐石出してくれるみたい」

「あぁいうところは、金持ちのおじさんが若いコを連れていくんだろうなぁ。いかにも女の子が喜びそうだもんなぁ」

港子はその時、不意に室田さんのことを思い出した。お互いに割り切った関係だと思っていたけれども、この頃急に室田さんのことを懐かしく思い出すことがある。ちょっと前のことなのに、室田さんとつき合っていた頃が随分昔のことのようだ。本当に屈託なく生きていたからだろうか。

車の中という密室が心を許すのだろうか。泰生は急に饒舌になる。もっともキャップは被ったままであったが。

「おととい親父に会ったよ」

「ふーん、そう」

母のゆかりとイタリアに行っていたはずだが、とうに帰っていたのだろう。

「お前、どうするんだって聞かれてさ。どうもしないよ、このまま続けるよ、って言ったら、俺のところへ来ないかだって。びっくりしたよ。親父は昔から、絶対に俺の事務所には入れないぞって言ってたからね。きっと僕のことを憐れんで、そんなことを言ったんじゃないかなぁ……」

眩し気に細めた目のまわりは、奇妙な具合に肉が盛り上がっている。年内にもう一度整形手術をすることになっているが、泰生の顔は、おそらく元に戻らないだろう。

港子は自分が言い続けていたことが正しいと確信を持った。整形手術を受ける女たちに、自分はいつもこう言ってきた。

「中身を支えてくれるのは外見なんです。だから外見が変われば、中身も変わるんですよ」

そうなのだ、事故によって泰生は中身も変わってしまった。劣等感やひがみといった、かつては微塵もなかった黒いものに、今、彼の心は覆われている。

「僕のことを憐れんで」

という言葉は、深く港子の心に沈んだ。おそらくかつての泰生は、人に憐れまれたことなどなかったに違いない。一流大学に通い、モデルまでしていた美青年、それが泰生だ。おまけに有名人の父を持ち、金にも不自由していなかった。もちろんもてて、タレントやモデル仲間を恋人にしていた。羨ましがられたり、やっかまれたりしても、「憐れまれた」などということは一度もなかった。それなのに今、泰生は、「憐れまれる」ことが当然だと思う男になっている。

そう、港子が主張してきたとおりだ。外見が変わると、中身は変わる、それも著しい速さで。途中、サービスステーションに寄った。冷たいドリンクを買うついでに、冷蔵庫のケースの中を見る。海が近くなったせいか、干物や練り物が並んでいる。

「僕さ、わりとチクワとかカマボコが好きなんだ。これでビール飲むとさ、みんながジジくさいって言うけどさァ」

「おつまみに何か買ってく？　きっと旅館でもいっぱい出ると思うけど」

その時、五歳ほどの男の子が、ケースの前に立った。視線を上にやる。そして泰生の横顔に目がいったらしい。

「ママー」

大きな声を出した。

「すっごく怖い顔のおじさんがいたよ。アニメに出てくるみたいな、ヘンな顔だよ」

「こらっ」

と、傍からジーンズ姿の女が走り寄ってきた。

「何言ってるんですかッ。こっちにいらっしゃい」

その子を抱きかかえるようにして連れていった。ほんの一瞬のことで、二人はしばらくぼんやりしていた。最初に何か言わなくてはと港子は焦ったが、うまく言葉が出てこない。

「ごめん……」

泰生の方が口を開いた。

「僕と一緒にいるばっかりに、嫌なめに遭わせちゃって」

「あんなこと気にするなんてバッカみたい」

港子は鼻で笑ってみせた。

「だけど本当にヤなガキね。いったいどういうしつけしてるのかしらね」

さぁ、行こうと泰生の腕に触れた。

「そのチクワとカマボコ買っていこうよ。夜はさ、これをおつまみにガンガン飲もうよね」

そして港子はわかった。泰生と生きていくことは、こういう時に、すぐに朗らかに反応していくことなのだ。そしてたくさんの演技をすることなのだ。セックスの時に、いったふりをするのと同じように、いつもいつも明るく楽しい演技をすることなのだ。

車に戻っても助手席のシートベルトを締めることが出来なかった。

「ヤスオ、ごめん……」

顔を手で覆った。自分がどれほど嫌な女かということがわかる。自分のことを信じていた。忍耐強く、思いやりのある、常識ある女だと思っていた。が、まるで違う。今、ここにいるのは見栄っぱりの、人の視線ばかり気になる心の貧しい女だ。ミッションスクールだったから、子どもの頃から習っていた。心の貧しい人間とはどういうものかということを。が、ようやくわかった。港子、お前のことだ、顔が醜く変化した恋人を、冷たく捨てようとしているお前のことだ。

「私、やっぱり、旅館に行けないと思う。今日一緒に泊まったら、すごい無理をするわ。私、それに耐えられそうもないのよ……」

「わかってたよ」

泰生はなぜかキャップをとった。心なしか白くなった顔に、少し弱々しくなった陽ざしがあたっている。

「わかってたよ。ミナコ、もう無理をしなくてもいいよ。心にもないことを言ったり、したりする、っていうのは、人間にとっていちばんつらいことだからね。僕はそんなことを好きな人に強いたりはしない。そのくらいのプライドは持っているよ」

「ごめん、ごめんなさい」

いっきに涙が溢れ出た。とても悲しいと思う気持ちと、助かった、と思う気持ちとが交差し、そんな自分をとても卑しいと思う、だから泣いた。

「こんなはずじゃなかったのよ。私、ヤスオをずっと愛せると思ってた。他の人がどう言おうと、私はあなたを最高の男の人と信じる、そういう価値観を持った人間だと思ってたのよ。だけどまるっきり違ってた。心が全然別のところへ行っちゃったのよ」

「仕方ないさ」

泰生はシートベルトをきちんと締めた。どこか戦場へ行く騎士のような動作だった。

「悪いけど、ここで降りてくれよ。店に頼めばタクシーを呼んでくれると思うから」

「わかった……」

「じゃ」

もう泰生はこちらを見ていない。港子が降りるやいなや、車は走り出した。港子はそれを見送ることなくトイレへ向かう。早く涙に濡れた顔を直したかった。トイレに向かって歩きながら、港子はこう考えることで、自分を責める苦しみから逃れようとする。

「彼のことを、私は本当に愛していたんだろうか」

「息子から連絡がありますか」

大月が尋ねた。泰生の父親と話などしたくなかったが仕方ない。衣替えの荷物を取りに実家に帰ったら彼がいたのだ。すぐ近くまで行ったゆかりは、もうじき戻ってくるという。港子はその帰りを待つために、しぶしぶソファに腰かけたのだ。

「何もありません。もうそういう関係じゃありませんから」

「なるほどね」

と大月は頷いた。久しぶりに見る彼は少し太ったようだ。鼻から口にかけての線が泰生にそっくりなことに少し驚く。ずっと母親似だと思っていたがそうでもないらしい。若い頃の大月は、ひょっとするとかなりのハンサムだったかもしれない。

「彼は元気でやっているようですよ。もうイタリア語にも、そう不自由しなくなったと言っています。もうじき正規の大学院生になれるようですよ」

「そうですか、よかったですね」

港子の言い方が気に障ったのか、大月は少々唇をゆがめた。そしてぶつけるような口調になる。

「一時期はどうなるかと思ったが、何とか立ち直ってくれたようです。何しろ顔が変わったとたん、恋人からポイと捨てられたんですからね」

「大月さん」

港子は問うた。

「前から聞こうと思ってたんですけど、母のどういうところが好きになったんですか」

「そりゃ、全部だよ。今までの生き方を含めてすべてだね」

「母の顔は、どうです」

「顔ねぇ……」

ゆがんでいた唇がぽっとほぐれた。

「もちろん好きですよ。とても綺麗だと思う」

「知ってますか、母は六年前にメスを使うリフティング手術受けてますよ。それから加齢によって垂れた瞼も手術で上げてます。もしかするとうちのクリニックじゃない別のところで、おっぱいも直してるかもしれない。触ってみてどうですか」

「……」

「それを聞いても、母のことを嫌いにならないでしょう。だって美しく変わったから。私の場合は反対でした。だから私のことを責めないでください」

港子は大月を睨む。鼻だけでなく、目までも息子は父にそっくりだ。取り返しのつかないことをしたとは全く思わなかった。ただ心が今次第に空っぽになり、冷たくなっていくのを感じた。

初出／「ＢＯＡＯ」２００６年４月号〜２００７年７月号

林 真理子（はやしまりこ）

一九五四年山梨県生まれ。コピーライターを経て執筆活動を始め、八二年『ルンルンを買っておうちに帰ろう』がベストセラーになる。八六年「最終便に間に合えば」「京都まで」で直木賞、九五年『白蓮れんれん』で柴田錬三郎賞、九八年『みんなの秘密』で吉川英治文学賞を受賞。その他の著書に『Ａｎｅｇｏ』『ウーマンズ・アイランド』『ＲＵＲＩＫＯ』『もっと塩味を！』など、エッセイ集に「美女入門」シリーズ『美女は何でも知っている』『美か、さもなくば死を』などがある。

綺麗《きれい》な生活《せいかつ》

二〇〇八年一〇月二三日　第一刷発行

著者　林 真理子
発行者　石﨑 孟
発行所　株式会社マガジンハウス
〒一〇四-八〇〇三
東京都中央区銀座三―一三―一〇
電話　受注センター　〇四九(二七五)一八一一
書籍編集部　〇三(三五四五)七〇三〇
印刷・製本所　凸版印刷株式会社
装画　牧 かほり
装幀　鈴木成一デザイン室

ISBN978-4-8387-1917-4 C0093